パウロ・コエーリョ
賢人の視点

パウロ・コエーリョ［著］
飯島英治［訳］

サンマーク出版

流れる川のように生きよ
夜はただ静かに
暗闇を怖れることなく
夜空に星が瞬けば、それを映し
青空に漂う雲があれば
それもまた川と同じ水であることを忘れず
喜んで映し返そう
穏やかに、深い心で

――マヌエル・バンデイラ（詩人）

おお、罪なくして受胎せしマリアよ。
あなたにすがる我らのために祈りたまえ。アーメン。

はじめに

15歳になったとき、わたしは母にいった。**「天職を見つけたんだ。作家になることに決めた」**

「なにいってるの。お父さんはエンジニアよ。世界についてはっきりとした考えを持った、論理的で合理的な人」と、母は悲しげに首を振った。「作家になるってどういうことか、あなたほんとにわかってるの？」

「本を書く人のことだよね」

「ハロルドおじさんはお医者さんだけど、本を何冊か書いて出しているわね。お父さんを継いでエンジニアになれば、あいた時間に本を書くことだってできるようになるわ」

「ちがうよ、母さん。ぼくがなりたいのは作家であって、本を書くエンジニアじゃないんだ」

「誰か作家を知ってるの？　作家と会ったことはあるの？」

「ないよ。写真で見たことならあるけど」

「作家がどんな人たちなのかも知らないのに、なんで作家になろうなんて思うの？」

母の質問に答えるために、「作家」について調べてみることにした。1960年代の初め、作家になるとはどういうことか、こうしてわたしは学んだのだった。

（a）作家はいつもメガネをかけていて、ぼさぼさ頭。いつだって怒っているか、そうじゃなければ落ち込んでいる。人生の大半をバーで過ごし、そこではやはりぼさぼさ頭にメガネ姿の、ほかの作家たちと議論ばかりしている。そしてなにか「深い」ことをいう。頭のなかには次の小説のすばらしいアイデアが詰まっているが、出したばかりの本のことは、あれこれ気に入らないことだらけ。

（b）作家は同世代の人々に理解されるようなことを書いてはならない。平凡な時代に生まれてしまった作家にとって、他者から理解されるということは自分の天才性の否定でしかない。作家は一行の文を、なんどもくりかえし書きなおす。一般人の平均的な語彙《ごい》数が3000程度ということなら、真の作家はそれらの語彙を使わずに、辞書のなかの18万9000語から言葉を探す。自分が普通の人間ではないことを示すために。

（c）作家のいわんとすることを理解できるのは、ほかの作家たちだけである。しかし彼らは心の底ではひそかに憎み合っている。なぜかといえば、彼らはみんな文学の歴史にぽっかり浮いた空席を奪い合っているからだ。誰もが「世界で最も難解な本」を書こうと競い合っているのだ。その栄誉をつかんだ作家こそが、最も大変な本を書いたということになる。

（d）記号論、認識論、新具体主義……、といった大げさな言葉の意味するところを、作家はよく知っている。人々の注意を引くためだけに、「アインシュタインは馬鹿だった」とか、「トルストイはブルジョワ階級の手先だった」とか、奇をてらったことをいおうとする。反感を買うのは承知のうえで、相対性理論はでたらめだ、トルストイは貴族階級の特権を擁護していたなどと吹聴しないではいられない。

（e）気になる女性がいれば「じつはわたし、作家なんです」と、口説き文句をいいながら、紙ナプキンに一篇の詩をつづる。そしてこれが効くのである。

（f）教養豊かな作家には、書評の執筆依頼などの仕事がつねに舞い込んでくるものだ。そんなときには友人の新作を取り上げるなどして、自分の寛大さを示すために利用する。書評の多くは、外国人作家からの引用をつなぎ合わせたものや文体表現の分析に終始したものばかりで、「認識論的な問い」とか「二元的な人生観の統合」といった言葉が多用されている。読者からは「なんと教養のある書評家なのか」と感心されるだろうが、「認識論的な問い」など読んでも理解できないのではないかという余計な不安を与えるので、結局、本は売れない。

（g）いま読んでいる本について作家にたずねると、誰も聞いたことのない本のタイトルが、必ずといっていいほど返ってくる。

（h）あらゆる作家が一致して称賛する本がある。ジェイムズ・ジョイスの

『ユリシーズ』だ。この本を酷評する作家はいない。ただし、この小説の内容をうまく説明できる作家もいないので、誰も実際に読んだことなどないのではないかと思われる。


このような情報をまとめあげ、作家とはどんな人たちなのか母に説明した。彼女は少し驚いたようすだった。

「やっぱりエンジニアのほうが簡単じゃないの。それにおまえはメガネなんてかけてないしね」

しかし、わたしの髪はぼさぼさで、ポケットにはゴロワーズの煙草をしのばせ、自作の芝居の脚本だって持っていた（評論家から嬉しいことに「これまで観てきたなかで、もっともめちゃくちゃな舞台」と評された『抵抗の限界（The Limits of Resistance）』）。ヘーゲルだって読んでいたし、信じる信じないにかかわらず、『ユリシーズ』だって読むつもりでいた。

ところがある日、ひとりのロック歌手と知り合って、彼の音楽に詩をつけてくれと頼まれたのがきっかけとなり、わたしは不朽の名声を追い求めるのをあきらめ、やっぱり普通の人生を歩むことになったのだ。

そうして始まった人生のなかで、じつにさまざまな場所を訪れた。まるでベルトルト・ブレヒトがいうように、靴を履きかえるより頻繁に国から国へと渡り歩いた。

この先のページには、わたし自身の経験や、誰かから教わった話、人生という川の流れを旅するなかで考えたことなどが集められている。世界各地の新聞などに掲載されたエピソードや記事などを、読者からの要望にもとづいてまとめたものが本書である。

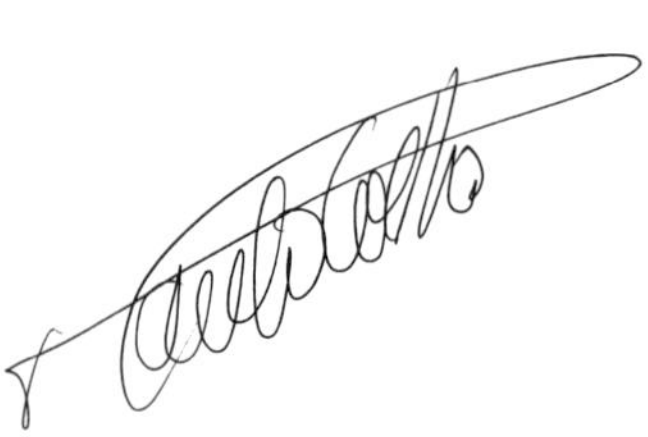

パウロ・コエーリョ　賢人の視点　もくじ

I　この世を去るのに悪い日などない

II 旅とは冒険である

III 愛をもって見てみれば

IV 希望だけは捨て去るわけにはいかない

※本文中の［　］は、訳注を示す。

I

この世を去るのに悪い日などない

旅をする本

わたしの蔵書は、そう多くはない。

数年前のことだが、持ち物を最小限まで減らして、生活の質を極限まで高めようと思い立ったのだ。そして、手元に残すべきものを選び抜いた。

なにも僧侶のような生活をめざしたわけではない。ものを減らすことで自由度が高まるのではないかと、そう考えたのだ。

男女の別にかかわらず、その考えに異を唱える友は少なからずいた。みんな何着もの服を持ち、今日はどれを着ようかと、そんなことに時間を費やしていたのだ。わたしが選んだのは「基本の黒」それだけだ。これで服を選ぶ手間がなくなった。

ところで今回はファッションの話ではない。本の話だ。その主題に立ち戻るなら、結局、わたしが手元に残したのはわずか４００冊の本だった。

自分にとって思い出深く手放せない本、それから何度も読み返してきた本。決断には理由がある。たとえば、誰かが生涯を費やして集め大切にしてきた本だが、持ち主が亡くなったのち誰からも見向きもされないばかりか、とっとと売り払われてしまう。

もうひとつ、そもそもなぜそのような大量の本を自宅に置いておく必要があるのだろうか？　自分がいかに文化的な人間であるかを来客たちにひけらかすためだろうか？　それとも壁の本棚の飾りとして？　我が家に死蔵されているより図書館などに置かれていたほうがはるかに有益な本が何冊もあった。


以前のわたしなら、いざというときの調べ物のために手元に本を置いておく必要があると答えたものだ。いまとなってはコンピューターの電源を入れて検索すれば、欲しい情報はなんでもすぐに手に入る。インターネットこそが、惑星規模の図書館というわけだ。

もちろん、新しい本を買わなくなったという話ではない。やはりなんといってもデジタルでは替えのきかないのが本なのだ。

ただし、読み終えた本はすぐに手放すようにはなった。人に譲ったり図書館に寄付したり方法はさまざまだ。森林伐採に抵抗するためでも善行を積むためでもない。

ただ、**あらゆる本にそれぞれの旅路があるような気がして、我が家の棚にとどめておくのはちがうのではないかと、そう考えるようになったのだ。**

作家として印税を糧に生きるわたしのような人間にとって、本を譲ったり寄付したりするのは自らの不利益に繋がりかねないとも思う。本をただで手に入れる人々よりも買ってくれる人々が増えたほうが儲かる仕事だからだ。

しかしながらこの国のように、政府の予算で公的に買われる本の多くが読書の喜びを人々に提供するためではなく、ましてや質を求めた結果でもないのなら、読者にとっていいことなどない。

人々の手に渡り、目を楽しませるよう本を解き放とうではないか。そんなことを書きながら、ホルヘ・ルイス・ボルヘスの詩をぼんやりと思い出す。「二度と開かれることのない本」について書かれた、一篇の詩だ。

わたしは今、ピレネー山脈のフランス側に位置する小さな町のとあるカフェで、冷房にあたって涼んでいる。外は信じられないほどのひどい猛暑だ。

いまこうしてものを書いている場所から数キロ離れた自宅に戻れば、そこにはなんとボルヘスの全詩集が待っている。飽きることなく何度もくりかえし読み返してきた詩人だ。ここはひとつ、思いつきを実行に移してみてはどうだろう?

店を出て通りをわたり5分ほど歩いたところにある、別のカフェのドアをくぐる。カフェといってもコンピューターが連なって並ぶ、いわゆるネットカフェと呼ばれる店だ。

店主にあいさつをして冷えたミネラルウォーターを注文する。検索エンジンを立ち上げて先ほど頭に浮かんだ詩から記憶にある言葉を、詩人の名とともに打ち込む。2分も経たずに探していた詩が現れる。

いまとなっては思い出すことも難しい、ヴェルレーヌの詩の一節がある
もう足を踏み入れることのできない通りが、このすぐ近くを通っている
わたしの顔を映したのを最後に、しまわれたままの鏡がある
わたしが閉じてそののちに、開けられていない扉がある
わたしの自宅の書庫のどこかに（いまこのわたしの目の前に）
二度と開かれることのない本が、何冊かある

まったく同じことを思った末に手放した本が、いくつもある。わたし自身がもうふたたび読むことはないだろう、何冊もの本。わたしの興味を惹きつける新作が、次から次へと出版される。

人々のために図書館があるというのはすばらしいことだと、あらためてそう思う。絵と言葉とが印刷された一冊の本を幼子たちがはじめてその手で開くとき、彼らは書物と出会うのだ。

そんな彼らと同じような興奮を、たとえば誰かがサインを求めわたしの著書を持って現れるようなときふと覚えることがある。何人もの手を渡り、くたびれた姿の一冊の本だ。まるでその本を書いた作家自身が頭のなかではるばるたどった旅路にも似て、本も旅を続けてきたのだ。

どんな葬儀を望むか

メール・オン・サンデー紙の記者が、わたしの泊まるロンドンのホテルにやってきて、素朴な疑問を投げかけてきた。

「今日、もし死んでしまうとしたら、どのような葬儀を希望しますか？」

実のところ、1986年にサンティアゴ巡礼をおこなって以来、わたしは一日も欠かすことなく「死」について考えてきた。

巡礼に出る以前のわたしは、ある日突然なにもかもが終了してしまうのだという恐怖に怯えていた。だがその巡礼の途中、生きたまま土中に埋まるという、ある種の修行を経験した。そのきわめて強烈な体験によって、わたしは死の恐怖を克服した。

以来、死の影はいつもわたしのそばにあり、毎日囁《ささや》きかけてくる。**「いつになるかは明かせないが、いずれおまえに触れる日がくる。だからその日がやってくるまでできるだけ精いっぱい生きるのだ」**

その声に従い、わたしは、今日できることを、明日まで残さないように心がけてきた。この瞬間にしか味わうことのできない歓び、仕事として請け負った責任、怒らせてしまった相手への謝罪、そしていまというこの時を深く見つめることなどだ。

死ぬかもしれないという経験なら、何度かしてきた。

古くは1974年のリオデジャネイロのアテロ・ド・フラメンゴにて。乗ったタクシーが武装した軍用車両に止められ、頭に布をかぶせられたときの記憶は鮮明だ。危害を加えるつもりはないといわれはしたが、あの軍事政権下で自分も「失踪者」のリストに名を連ねることになるのだろうと覚悟した。

それから1989年の8月、ピレネー山脈で遭難しかけたことがある。雪も草木も絶えた山のうえで方角を失い、体力はもう限界だった。下山できないまま来年の夏に遺体で発見されることになるのだろうと想像した。最後の力を振りしぼるように歩くこと数時間、ついにどこかの村へと続く細い小道を発見したのだった。

新聞記者の質問はしかし、わたしがどんな葬儀を望むかだ。

遺言状どおりに送り出してもらえるのだとすれば、葬儀は執りおこなわれないことになっている。火葬され、遺灰はスペインのエル・セブレロという、わたしがこの剣を手に入れた場所で、つまりわたしが作家として生きることを誓った地に、妻の手によって散骨される予定だ〔著者にとっての「剣」とは、たとえば作家としての魂／存在理由〕。

未発表の原稿や手記などが、死後に出版されることはない（亡き作家の相続人が印税ほしさに出版社に売る「遺作」や「書斎から見つかった原稿」の数の多さには、いつだって恐怖を覚える。もし作家自身がその生前にお蔵入りさせた原稿であるなら、その決定は死後においても尊重されるべきではないか）。

サンティアゴ巡礼の道中にわたしが見つけた剣についても、もとの海に投げ込まれ、あるべき場所へ返される。死後70年のあいだは支払われることになるであろう印税を含む資産のすべては、わたしが設立した慈善団体の運営資金にあてられる。

「墓碑銘にはなんと記されますか？」と、新聞記者。

まず、わたしは火葬されて灰になったのち散骨される予定なので、碑文を刻むべき墓石がない。あえて選ばなければならないとすれば、次の文句はどうだろう。**「彼は生命のただなかで没した」**と。

矛盾を含んだ言葉に思えるかもしれないが、働き、寝食しながらも、生きることをやめてしまった人々を、わたしは大勢知っている。彼らは自動操縦で動く機械のように物事をこなし、立ち止まって人生の奇跡に思いをめぐらせるようなこともなく、この1分間が

「地球上で過ごす最後の瞬間」となるかもしれないと認めようとしない。

新聞記者が帰ったあと、わたしはパソコンの前に座り、この文章を書きとめておくことにした。

誰もが好き好んで考えたがる話題ではないと知っている。だが、読者に対して、人生で大切なことについて考えるよう促す義務がわたしにはある。死こそがもっとも重要なことかもしれないのだ。

わたしたちの誰もがみんな「死の瞬間」へと向かっている。だが死がいつ訪れるのかを知る者はいない。だからこそ周囲に気を配りながら、「この瞬間」に感謝して過ごす義務がわたしたちにはあるのだ。

同時に、死に対しても感謝しなければならない。なぜなら死こそが、わたしたちがこの生を営むなかでおこなう、もしくはおこなうことができなかった決断の大切さについて考えさせてくれるものだからだ。

だからこそ自分たちが「生ける屍《しかばね》」として囚われてしまうことのないよう、人生のすべてを賭けて、ずっとやりたかった物事に挑まざるを得ない。好むと好まざるとにかかわらず、死の天使はわたしたちのことを待ち受けているのだから。

エレガンスについて

ときどき、猫背になっている自分の姿に気づくことがある。なんらかの不安を覚えているにちがいない。

そんなときわたしは、不安の理由を探るよりも、まず姿勢を整えて、できるだけエレガントな自分を演じることにしている。**背筋をのばす、その単純な変化だけで不思議と自信を取り戻せるのだ。**

「エレガンス」をファッションと結びつけて考える人もいるようだ。でもそれは大きな勘違いだと思う。人はまず、その行動や姿勢から、エレガントであることを心がけるべきなのだ。なぜならエレガンスという語は、趣味のよさや上品さ、それからバランスや調和を意味するからだ。

人生における大きな一歩を踏み出すのなら、わたしたちはまず穏やかに、エレガントに振る舞わなければならない。

もちろんのことながら手の動作や座り方、笑顔、周囲に向ける視線などについて気にしすぎてはいけない。だが、わたしたちの動作が相手に与える印象について、知っておくことは大切だ。**無意識な振る舞いでさえ、言葉よりも多くのことを物語ってしまうからだ。**

「落ち着き」とは、胸の奥で生まれるものだ。ときには不安に悩まされることだってあるが、姿勢を正すことが心の均衡を保つことにつながると、わたしたちは心のどこかで気づいている。

「エレガンス」とは、肉体からにじみ出るものであり、表面的なものではない。立ち姿から伝わるものなのだ。

だからこそ、姿勢よくしているにもかかわらず落ち着かないというのであれば、その違和感を疑ってはいけない。難しいからこそ、本当なのだ。巡礼者の高潔な魂があればこそ特別な道が示される。

エレガンスを傲慢さや俗っぽさと混同しないでほしい。エレガンスとは美しい身のこなしであり、確かな足取りであり、また友に対し示される敬意の表れそのものなのだ。

余計なものを捨て去って明確さと集中力を手に入れたとき、はじめて得られるのがエレガンスだ。すっきりと落ち着いた姿勢であればあるほど美しい。

雪は白一色だからこそ美しく、海はどこまでもまっすぐに広がるからこそ美しい。そんな海も雪も奥が深く、どちらもそのことの価値を知っている。

つまずくことを怖れずに、喜びに満ちた足取りで、確かな一歩を踏み出して歩こう。それは孤独な歩みではなく、なにかあれば横を歩く仲間たちの存在に助けられるはずだ。

同時に、敵はあなたの身振りの変化を見逃してくれないということも念頭においておかなければならない。だから、もし自分が固くなっていると感じたら、深呼吸して落ち着きを取り戻そう。すると不思議な奇跡が生まれ、心を満たす静寂に気づくだろう。

覚悟を決めて行動を起こそうとすれば、自分がこれまでたどってきた道を振り返りたくもなるだろう。だがそんなときこそ気分を緩めることを意識しよう。

頭で決めたことのすべてを守るなど、不可能なのだ。精神を自由に解き放って過去の自分を思い返せば、もっとも苦しかったあの時のことがよみがえり、またどうやってその困難を乗り越えたかも思い出すはずだ。ただそんな思考が身のこなしに影響してしまわないよう、十分な注意が必要だ！

アーチェリーに例えてみよう。

弓を構えると、長年積み重ねてきた経験にもかかわらず、不安を覚え鼓動に乱れが生じる。手が震え、目標がゆらぐ。そのまま矢を放つとすれば、結果は明白だ。

人生への愛着を失えば、目的がわからなくなり混乱に陥る。弓を引くだけの力が出せないことに気づくだろう。

目覚めたとき、自分がどこへ向かっているのかわからなかったら、なぜそう感じるのか考えてみよう。見えないふりをしてやり過ごしてきた頭の痛い問題を、直視せずにはいられないはずだ。

なぜその問題に気づくかといえば、年を重ねた肉体がエレガンスを失ったからだ。

そんなときには姿勢を整えて、頭を楽にして、背筋をのばして、胸を張って、また世界と向き合おう。

そして同時に、自分自身の魂にも意識を向けよう。肉体と魂は補いあうものなのだから。

山を登る方法

登るべき山を選ぶ

「あの山は景色がいいね」とか「こっちの山は登りやすそう」とかいう人が出てくるだろうが、そういう人の言葉に耳を貸してはいけない。

山に登るのは、他ならぬ「自分」であり、そのためには全身全霊を費やすことになるのだし、選んだことの責任はすべて自分に降りかかってくるのだから。なにをしようとしているのか、しっかり考え抜くことだ。

山までの道を知る

その山を遠くから眺めることがあるだろう。美しく、面白そうな山で、登るには根気がいりそうだ。

それにしても、いったいどうすればあの山にたどり着けるのだろう。山のあたりに道は通っているのだろうが、そこから先は森に囲まれている。地図のうえでは簡単そうだが、実際はかなり入り組んでいるだろう。頂上へと続く登山口を見つけだすまで、周囲のあらゆる小道を歩き尽くさなければならないかもしれない。

登ったことのある人の話に耳を傾ける

どんなに独創的な夢だろうと、同じ夢を見たことのある人はかならず存在するものだ。ロープを結び付けるポイント、踏み固められた地面、進みやすいように枝の断たれた木々の跡など、先駆者たちはかならずなにか役立つ目印を残してくれているものだ。

登山は自分への挑戦であり、その責任を負うのも他ならぬ自分だ。しかし、先人たちの経験が、いつだって役立つことを忘れてはならない。

目の前の危機なら解決可能だ

目標の山を登りはじめたら、目に入るすべての物事に注意を払う必要がある。思いもかけない断崖絶壁がかならず待ち受けているものだ。見つけにくい亀裂も口をあけている。雨風にさらされた岩肌は氷のように滑りやすい。

それでもなお自分の足場さえしっかりと把握していれば、どのような罠であろうと察知できるし、避けて通ることができる。

変わりやすい山の景色を楽しむ

当然のことながら、目的地である「頂上」については、ずっと念頭においておく必要がある。

ただし、登るにしたがって山は景色を変えていく。ときには立ち止まって、その風景をのんびり楽しむのも良いだろう。1メートル登ればそれだけ先が見えてくる。

変化する周囲の景色に、これまで気づくことのなかったなにかを見出すかもしれず、その探索に時間を割くのも悪くない。

自分の体を思いやる

身体を十分にいたわってこそ、厳しい山を登り切ることができる。

人生にはたっぷり時間があるのだから、肉体を酷使してはいけない。あまりにも先を急げば疲れ切って、道半ばで参ってしまうかもしれない。だからといって、のんびりしすぎると、暗い闇夜が訪れて、道を見失ってしまうだろう。

景色を楽しみながら、ときには冷たい湧水でのどを潤し、自然の恵みの果実をかじり、とにかく歩きつづけること。

魂の声を聞く

「登り切るぞ」と思い詰めてはいけない。それはもう魂が知っていること。一歩一歩、成長のための道のりを進むこと、地平線を見据えること、広がる空に手を伸ばすこと。

目的地をめざすとき、強迫観念などなんの役にも立たない。登山の喜びを台なしにしてしまうだけ。「思ったよりも大変だ」などと弱音を吐いてもいけない。内なる力が損なわれてしまうから。

覚悟を決めて先をめざす

山頂までの距離はいつだって、思った以上に遠いものだ。あともう少しと感じることもあるだろうが、近く感じた道のりが、またとてつもなく遠く思える瞬間が絶対にやってくる。でも、さらに先をめざす覚悟があれば、距離など問題にはならないだろう。

登頂の喜びを満喫する

泣いて、手をたたいて、大声を出して、達成を祝おう。山頂を吹く風で（風はかならず吹いているから）心を洗い流し、くたびれきって熱くなった足を冷やして、目をしっかりと見開いて、胸のなかに溜まった埃を吹き飛ばそう。

かつてはただの夢だった、遠くに見えていたものが、いまや人生の一部になった。自分でそれを成しとげた。すばらしいことだ。

誓いを立てる

自分でも知らなかった力を見つけ出したいま、その力を使いつづける決心をしよう。かならず新たな山を見つけて、またそこへ向かう冒険に出るのだと誓いを立てよう。

話して聞かせる

そう、自分の話をして聞かせるのだ。そうすることで、ほかの誰かの手本となる。実現可能なことなのだといって聞かせることで、自分も山を見つけて登ってみよう、という人々が現れる。

くりかえすことの意味

「行動」とはつまり、「思考の顕在化」だ。

わたしたちの心は小さなことに影響を受け、翻弄される。だからわたしたちは感覚を研ぎすませ、細部に気をくばり、より直感的に物事と向き合うための技術を磨く必要がある。ただし直感は修練によってではなく、技術を超えた精神によりもたらされるものだ。

十分な訓練を積んでこそ、必要な動作を無意識におこなえるようになる。自分の内面と動きとが一致するのだ。

この境地に至るには、何度もくりかえし練習する必要がある。到達できるまでくりかえし、訓練をつづけなければならない。

熟練の蹄鉄《ていてつ》職人が、鉄を扱うようすを見るといい。

素人目には、彼が振りおろすハンマーの打撃はどれも同じ動作のくりかえしに見えるだろう。だが、道をきわめようとする人ならば、職人のハンマーの強度がそのつど異なることに気づくはずだ。ハンマーを上下させる手の動きは変わらないように見えるが、蹄鉄に当たる瞬間の強弱は、コントロールされている。

粉を挽く風車を見てみよう。ぱっと見ただけでは、羽根はいつも一定の速度を保って回転しているように見えるだろう。しかし風車をよく知る人ならば、風向きやその強弱によって方向を変えたり、細かな調整がおこなわれていたりすることを見抜くはずだ。

蹄鉄職人の手は、鉄を打つ何千回もの動作をくりかえすことで鍛えられる。

強い風が吹けば風車の羽根は回転速度を増すのだから、歯車が滑らかに動くよう、いつも確認を怠ってはいけない。

弓道家は、放たれた矢が的を外れて飛んでいっても気に病むことはない。何千回も、失敗を恐れることなくくりかえし弓を引くことではじめて、構え、所作、弦と的との関係など、大切なことが身につくと知っているからだ。

そのうち、「一連の動作が無意識に流れ出す瞬間」がやってくる。すると、射手は自らの引く弓となり、放たれる矢となり、また射抜かれる的となる。

矢の軌道を知るために

矢は、空間に放たれる意識を映しだす。

ひとたび矢が放たれれば、射手にできることはもうなにもない。軌道をただ目で追うだけだ。矢を引くために込めた力はもういらない。飛び去っていく矢から目を離さずに、穏やかな微笑をたたえる。

修練を怠たらず、直感を研ぎすまし、弓を引く所作のすべてに落ち着きと集中を保てたと知ってさえいれば、その瞬間に彼は宇宙との調和を果たし、間違いのない結果を目の当たりにするだろう。

技術によって手は動き、呼吸は乱れず、目は正確に的をとらえる。直感によって、矢を放つ瞬間を知る。

両腕を広げ、矢の行方を追う彼の姿に、たまたまそこを通り過ぎる誰かが気づいたとしても、いったいなにが起きているのか理解できないかもしれない。でもなかには、弓を引いた彼の精神が次元を超えたことを感知する人もいる。いまや魂は全宇宙と一体となった。働きつづける意識が、いま射た矢から学ぶべきことを学びとり、誤差に気づけば修正をし、正しいことは正しいと認め、あとは的の反応をただ待つだけ。

弓を絞るとき、射手はその弓を通じてこの世界のすべてを感じとる。放たれた矢を追いながら、世界との距離がみるみる縮まる。そのなかで彼は癒され、義務を果たしたことによって満たされる。

思い描いたとおりにやってのけたことで役目を終えた〝光の戦士〟にはもう、恐れるものはなにもない。恐怖に侵されることなく、やるべきことをやった［光の戦士とは著者がしばしば用いる概念。たとえば信仰に通じ、正しきおこないを貫く人を指す］。

その矢が的を外したとしても臆すことのない彼には、ふたたび次の機会がめぐってくる。

第3の情熱

この15年のあいだに、心を奪われたものが3つある。あらゆる情報をあさり、暇さえあればそのことを話し、興味を同じくする仲間を探し、寝ても覚めてもとにかくそのことばかり。

まずはコンピューターだ。この道具を手に入れたことで自由が広がり、タイプライターとは永遠の別れを告げることになった（わたしはいま、フランスの小さな田舎町でこの原稿を書いている。わずか1キロちょっとの機械のなかに、過去10年分のわたしの全仕事が入っており、そのなかに必要なものがあれば5秒以内で取り出すことが可能だ）。

お次はインターネット。はじめて接続したときすでに、世界最大級の図書館よりもさらに大きな知識の倉庫となっていた。

3つめだが、これは技術の進歩とはなんの関係もない。それは……、弓矢だ。

まだ幼かったころ、オイゲン・ヘリゲルの書いた『弓と禅［Zen in der Kunst des

BogenschieBens」』という本に夢中になった。弓道の訓練を通じて著者のたどった精神的な旅路が記された本だ。

このピレネーの地で、ある日ひとりの射手と出会うまでずっと、その本はわたしの潜在意識下に眠っていた。その射手と話しこんでいるうちに、彼が弓と矢を貸してくれた。それ以来ずっと、わたしは一日も休むことなく、的をめがけて弓を射る練習を続けるようになった。

ブラジルの自宅に帰れば、壁に自作の的をぶらさげる（来客があればすぐに取り外せるような簡単なもの）。

フランスの山中では、毎日屋外で練習に励んだおかげで、低体温症で2度も病院に運ばれた――マイナス6度を下回る気温にもかかわらず、時間を忘れて熱中したのだ。

今年もダボスで開かれた世界経済フォーラムの直前には腕のポジションを間違えて筋肉を痛め、強い痛み止めを飲んでどうにかこうにか参加した。

いったい、弓矢のこの魅力とはなんだろう？（紀元前3万年に生まれた）弓と矢でただ的を射抜くだけで、実用性はまったくない。

だがわたしにこの情熱を植え付けたオイゲン・ヘリゲルその人は、その意味を深く理解していた。ここにその『弓と禅』から少し引用してみよう（日常におけるさまざまな行動にも通じるものだ）。

張力をかける際には、その対象にのみ意識を集中すべきである。そして力を温存し、目的を果たすためには大きな跳躍は不要であり、ただ焦点を絞ることが肝心であることを（弓を通じて）学習する。

我が師から与えられたのはきわめて固い弓だった。なぜわたしがすでに熟練者でもあるかのように教えようとするのかと師にたずねた。

「**簡単なところからはじめると、大きな課題に向き合う心構えをもてなくなってしまうからです。**道の先にどのような困難が予期されるのか、あらかじめ知っておくのが一番なのです」と師は答えた。

長いあいだ、わたしは弓を正しく引くことができなかったが、ある日、師より呼吸法を教わったことにより、たやすくそれができるようになった。

なぜこのことを早くに教えてくれなかったのかと、わたしは師にたずねた。「もしはじめから呼吸法を教えていたら、あなたはそれを不要と考えたかもしれない。いまのあなたであれば、わたしの言葉を信じて訓練をおこなうことが重要であると気づくでしょう。**これこそが善き師のなすことなのです**」と師は答えた。

矢は本能的に放たれるものだが、それより先に弓と矢と的について十分な知識を得ておく必要がある。これが人生の課題ということになれば、完全なる動作のためには直感も必要となる。**技術は完全に習得した後、はじめて無意識に再現が可能となる。**

4年が経ち、弓を学び終えたわたしは師の祝福を受けた。わたしは嬉しく思いながら、まだ道半ばであると伝えた。「いいえ」と師は否定した。

「危うい罠に陥らないようにするためにも、9割に達したときにのみ道半ばに達したと考えるのが最善なのです」※

※注意：弓矢の使用は危険をともないます。国によっては（たとえばフランスなど）弓矢は武器として分類され、アーチェリーをおこなうにはライセンスの取得が必要になります。

鉛筆の話

少年は、おばあちゃんが手紙を書くのを眺めていた。

彼は疑問を口にする。

「ぼくたちがやったことを手紙に書いてるの？　ぼくのこと、なにか書いてる？」

手を止めた祖母が、孫に答えた。

「そうだよ。おまえのことを書いてるんだ。でも大切なのはその言葉より、いまおばあちゃんが使っているこの鉛筆さ。おまえにはこの鉛筆みたいに、立派に育ってほしいものだね」

少年は興味をそそられ、鉛筆をしげしげと眺める。でも特別な鉛筆のようには見えない。

「なんだ、ただの普通の鉛筆じゃないか！」

「それは〝物の見方〟によるものさ。この鉛筆には5つの素敵なものが備わってるんだ。そのことさえ覚えておけば、おまえはこの世でいつまでも平和に生きていけるよ」

まずはひとつめ。手紙を書いたり絵を描いたり、いろんなすごいことができる。だけどそれは「**手**」があってこそ。そのことを決して忘れてはいけないよ。わたしたちはその手を神様と呼んで、その神様の導かれるとおりに従うんだ。

そしてふたつめ。たまには書く手を休めて、「**鉛筆削り**」をしないといけない。鉛筆にはちょっと痛い思いをさせるけど、でもその後は、その前よりもずっと鋭くなるからね。だからおまえも、苦しかったり悲しかったりすることがあったとしても、それに耐えなきゃいけないよ。そしたら前より強く優しい人になれるんだからね。

3つめ。もし鉛筆で間違った線を引いてしまったとしても、「**消しゴム**」を使えば、それを消すことができるのさ。間違いを直すのは悪いことなんかじゃない。そうすることで正しい道を踏み外さないでいることができるんだからね。

じゃあ、4つめ。鉛筆にとってなによりも大切なのは、まわりの木の部分じゃなくて、そのなかにある「**芯**」なんだよ。だからおまえも、自分のなかでなにが起きているのか、いつだって目を離してはいけないよ。

最後に5つめ。鉛筆はいつだって「**動いたとおりに線を残す**」の。おまえの人生もまったくいっしょ。なにをしたって、そのとおりに跡が残ってしまうのだから、よく覚えておかなければいけないよ。なにか行動するときには、忘れないようにするんだよ。

夜明けの瞬間

ノーベル平和賞を受賞したシモン・ペレス［イスラエルの政治家］が、ダボスの世界経済フォーラムで語った話を紹介しよう。

あるラビ［宗教的指導者］が、弟子たちを集めてたずねた。

「夜が明けて朝へと切り替わる、その瞬間をどのように見極めることができるだろうか？」

「羊と犬を見分けられるくらい明るくなれば、それがそのときです」と、ある少年が答える。

ほかの少年が手を挙げる。「いいえ、オリーブの木とイチジクの木を見分けられるようになったら、それが朝です」

どちらも正確な定義とはいえないと、ラビは首を振る。

「それじゃあ、なにが答えですか？」と少年たちが口々にたずねる。

ラビは一呼吸をおき、口を開く。

「見知らぬ人が近づいて来る。その人を兄弟と思えたとき、あらゆる問題は消えてなくなる。そのときこそが、夜が終わり朝がはじまる瞬間なのだ」

20ドル札の価値

友人のカッサン・サイード・アメルから聞いた、セミナー講師の話をしよう。

講師は20ドル札を掲げると、「このお札が欲しい人？」と会場を埋める受講者たちに向かって呼びかけた。

何人かの手が挙がったところで、講師がいう。「わかりました。でもこれをあげる前に、やっておかなきゃいけないことがありました」

講師はそういうと20ドル札をぎゅっと丸める。「まだこのお札が欲しいという人？」

また手が挙がる。

「わかりました。じゃあ、こうしたらどうでしょうか？」

講師はくしゃくしゃに丸めた札を壁に投げつけると、床を転がる札を踏みつけ、そしてよれよれになって汚れた札をまた掲げた。同じ質問をくりかえすと、また何人かの手が挙がった。

「この光景をしっかり覚えておいてください」と講師はいう。

「わたしがこのお金をどう扱おうと、そんなことは関係ない。立派な20ドル札です。わたしたちは人生において乱暴されて、ボロボロになり、踏みつけられ、不当に扱われます。**だがそれでも、どんな仕打ちを受けたところで、そのことでわたしたちの価値が損なわることなんてないんです**」

傷痕こそ祝福

「神もまた、ひとりの芸術家にすぎない。キリンを考え、象を生みだし、猫までつくった。様式なんておかまいなしだ。思い付きをなんでも試してみたのだろう」と、パブロ・ピカソはいっている。

先をめざして歩こうとすればこそ、道は切り開かれていく。だが、夢に向かって歩を進めようとすると、ひとつでも間違えてしまえばおしまいだと、大きな不安に襲われるものだ。

ただ人は、それぞれ個々の人生を歩んでいるのだから、いったい誰の判断をもって「これが正しい道だ」などといえるのだろうか。

キリンや象や猫を生み出した神のイメージのひとつとしてわたしたち人間があり、その神の御意志のなかで生きていくのだとすれば、他人の流儀に従わなければならない理由などあるだろうか？

他者を見習うことで、人々が過去に何度も犯してきた馬鹿げた過ちをくりかえさずにすむ、ということはあるかもしれないが、でもそれよりも、多くの人々と同じことをやりつづけなければならないのだとしたら、この世はまるで牢獄だろう。

ネクタイと靴下の組み合わせが変じゃないかと、毎日のように気にして過ごす。明日になっても、今日と同じ意見を曲げてはならない。そんなことで、変化しつづけるこの世界を生き抜いていけるのだろうか。


誰かの害にならない程度なら自分の意見などいますぐ変えて、恥ずかしがらずに矛盾したことを口にしてみればいい。あなたにはその権利があるし、他人にどう思われたってたいした問題ではない。どうせ彼らだって思い思いに考えているだけなのだから。

行動を起こそうと思えば、はみだしてしまうことだってあるだろう。「オムレツをつくるためには、まず卵を割らねばならない」という料理の格言がある。思いもしなかった摩擦が起きてしまうことは当然のこととしてあり、その摩擦によって傷つくことだってあるだろう。傷痕《きずあと》はのこるかもしれないが、傷はかならず癒えるものだ。

そうやってできた傷痕こそが、祝福なのだ。死ぬまでずっと消え去ることはなく、それがまた大きな助けになるのだ。

人生のある時点で――昔を懐かしく思う、もしくはそのほかの理由によって――あのころに戻りたいというような感情が膨らむこともあるだろうが、そんなときにはその傷痕を見るといい。その傷痕は手錠のあとだ。とらわれの身だったころの忘れ形見だ。わたしたちは前を向くしかない。

だから力を抜こう。宇宙の流れに身を任せ、驚くような自分自身を発見しようじゃないか。「賢人たちをまどわすためにこそ、神はこの世に馬鹿げた物事を生み出されたのだ」と、聖パウロもいっている。

人生のなかで同じような瞬間がくりかえし訪れることを、光の戦士は知っている。同じ難問や状況に悩まされ、困難がくりかえし襲ってくるのを知ったとき、自分はもうこれより先には進めないという絶望を経ながら、彼は成長していくのだ。

「またこれか」と、がっくりする。

「そうだ。おまえがかつて打ち勝ってきたことだ」と、心の声が聞こえる。「だが、おまえはまだその先には進めていない」

そこで光の戦士は思い至る。くりかえされるこの経験こそが、自分がまだ学べていない物事に気づかせてくれるのだと。

戦いをくりかえすたび、彼は新たな解決の道を見出す。**失敗を過ちとはとらえず、むしろ真の自分へとたどり着くための道程の一歩だと考えるのだ。**

サン＝テグジュペリの友人の話

アフリカのとある航空基地でのことだ。作家のアントワーヌ・ド・サン＝テグジュペリは、友人たちの寄付を募った。生まれ故郷に帰ろうとするモロッコ人の職員の、資金集めを手伝ったのだ。

そして1000フランが集まった。

その職員をモロッコのカサブランカまで乗せていったパイロット仲間は、帰ってくるなり、ことの顛末《てんまつ》を話して聞かせる。

「カサブランカに到着するなり、あいつは最高級のレストランで食事をして、ふんだんにチップを渡して店の客たちに酒をふるまい、それから故郷の村の子どもたち全員に人形まで買い与えてやったんだ。金の管理なんてまったくできないやつだったのさ」

「いや、それはちがう」と、サン＝テグジュペリは首を振った。

「人に対する投資ほど価値のあることはないと、あの男はよくよくわかっていたのさ。気

前よく金を使ってみせたことで、村の面々の尊敬だって勝ち得ただろうし、おかげで仕事にありつくことだってあるだろう。そこまで寛大になれるのは、つまりは勝者だけなのだから」

ヤンテの法

「ノルウェーのマッタ・ルイーセ王女について、なにか思うことはありますか？」

スイスとフランスにまたがるレマン湖のほとりで、ノルウェー人ジャーナリストからの取材を受けていた。

いつもなら自分の仕事に直接関わらない質問に答えることはないのだが、この場合に限っていえば彼の関心と質問の動機がはっきりしていた。

王女が30歳の誕生日を祝う式典でまとったドレスには、彼女の人生においてなんらかの意味を持った人々の名が刺繍されていたのだが、そのなかにわたしの名があったのだ（わたしの妻はそのアイデアをとても気に入り、自分の50歳の誕生日には同じようにドレスをつくり、彼女の人生に意味を持つ人々の名をあしらい「ノルウェー王女のアイデアを拝借して」とクレジットを加えたほどだ）。

「王女については、繊細で品格があり知的な方だと思っています。オスロでは、畏《おそ》れ多くも王女とお会いする機会を得ました。その際、わたしと同じく作家である彼女の夫ともお会いしています」

わたしはここでいったん言葉を飲み込んだが、先を続けることにした。

「ひとつ腑に落ちないことがあるのですが、いったいなぜノルウェーのマスコミは、王女の夫が王女と結婚したのちに、彼の作品に対し批判的な態度を取るようになったのでしょうか？　たしか、それ以前は好意的に受け止められていたはずなのに」

質問というよりは、むしろ挑発といっていいものだった。そうたずねながら、わたしは記者の返答をある程度予測していたのだ。評価が転じた理由は単に妬みである、人間の持つもっとも苦々しい感情である、と。

だが記者の返事は、わたしの想像を超えて洗練されていた。

「それは、彼が〝ヤンテの法〟を破ったからです」

そんな法があるとは聞いたこともなかったわたしに、彼が説明をしてくれた。その後さまざまな旅を続けるうちに、スカンジナビアの国々でこの法について知らない人を見つけ出すほうが困難だと気づかされることになる。

文明の起源から伝えられてきた法なのかもしれないが、正式に文書化されたのは１９３３年、アクセル・サンデモースの小説『軌跡をたどる逃亡者（A Fugitive Crossing His

Tracks)』のなかにおいてだ。

悲しむべきことに、ヤンテの法はスカンジナビアにのみあるわけではない。たとえブラジル人が「それはブラジル固有のもの」といったところで、またフランス人が「なにそれ、フランス流の考えじゃない？」といったところで、これは世界中で通じているルールなのだ。

その法がどのようなものなのか、読者のみなさんもそろそろ気になるころだと思うので、ここはわたしなりの言葉でまとめてみようと思う。

「あなた自身は無価値であり、あなたの考えに関心を持つ人などいない。だからあなたは、凡庸さと匿名性とを守りとおすべきである。そうふるまうことにより、人生における大きな問題と直面しないですむのだから」

このヤンテの法こそ、マッタ・ルイーセ王女の夫となったアリ・ベーンのような人にとって、問題となる妬みの感情を見事にいいあらわしたものだ。法というものの持つ、負の側面にほかならない。そして、ある種の大きな危険性をもはらんでいるのだ。

恐れを知らぬままに自分の邪悪な目的を成しとげる人々の手により世界が操られてしまうのは、このような法があるからだ。わたしたちはいままさに、イラクでの理不尽な戦争により多くの人々の命が奪われていくのを目の当たりにしている。富める国々と貧しき国々とのあいだに横たわる、大きな格差も知っている。

あたりに目を向ければ、社会的不正義がまかりとおり、暴力は公然とおこなわれ、不当かつ卑怯な攻撃により人々は夢をあきらめざるをえない状況であることがよくわかる。

第二次世界大戦の惨劇を招いたヒトラーは、あらゆる手段を用いて、そのめざすところを事前に示唆していた。それにもかかわらず世界が屈してしまったのは、このヤンテの法があったからだ。

平凡な日常はきわめて快適なものではあるが、ある日、突然ドアを叩く悲劇の音を耳にしてはじめて人は考えるのだ。「こうなることがわかっていたのに、なぜ誰も異を唱えなかったのだろう?」と。

理由は単純明快だ。誰もなにもいわないからこそ、不正がまかりとおってきたのだ。

だからこそ、状況がさらに悪化する前に、そろそろヤンテの法を反故《ほご》にして、書き換えよう。「**あなたは自分が思っているよりも、もっと価値ある存在であり、信じようと信じまいとあなたの役割とその存在自体がこの世界にとって重要なものなのだ。**もちろんこのようにしてヤンテの法を破っていけば、多くの問題に巻き込まれることになるかもしれない。だが恐れてはいけない。恐れずに生き抜くことで、最後に必ず勝利を勝ち取ることができるのだ」と。

目を見て話すこと

テオ・ヴィエレマは、ただひたすらにしつこい男だった。オランダのハーグでの講演会を依頼したいという内容の手紙を、じつに5年間にわたり、わたしのバルセロナのオフィスに送りつづけてくるような男だった。

スケジュールはもう埋まっていると、こちらも5年間ずっと断りの返事を出しつづけた。実際のところ、多少の暇がなかったわけではない。しかし作家が話術に長けているとは、かならずしもいい切れないのだ。伝えるべきことがあれば、なにからなにまですべて文字にしているのだし、できれば講演など勘弁してほしいというのが本音だ。わたしはあらゆる講演依頼を断ることに決めていた。

あるテレビ番組の収録のためにわたしがオランダを訪れることを、テオはどうやってか聞きつけたようだった。宿泊先のホテルの部屋からロビーに降りるわたしを、彼が待ち伏せていた。それがテオとわたしのはじめての対面だった。

「断られたからといってあきらめるような人間ではありませんよ。目的を果たすために誤ったことをすることは、まあ、ないとはいえませんが」と彼は笑い、その日はわたしに同行したいと申し出た。

目的をかなえるためには、ときには無茶だって必要かもしれない。しかし、不可能だとわかったときには情熱の矛先を変え、新たな道をめざすべきではないだろうか。

「ノー」と、単刀直入にはねつけることもできただろう（何度となく口にし、また何度となく聞かされた言葉だ）。でもそのときわたしは、なにかもうちょっと社交的な態度を彼に示そうと考えたのだった。無茶な要求を投げつければ、彼だって引き下がるほかないだろう。

講演を無料で引き受けてもよい。ただし、参加者の入場料はひとり2ユーロを上限とし、200人以上の聴衆は受け付けない。

テオは、その条件を飲むという。

「売り上げよりも経費のほうが大きくなるが、それでもいいのか？」と、わたしは念を押す。「たとえ満員にできたとしても、わたしの旅費と宿泊費だけで入場料の数倍の金額になるぞ。会場の費用も、宣伝費だって必要だろう……」

問題ないと、テオはわたしを遮る。自分のやろうとしていることと結果については、問違いないと確信していると胸を張る。

「このイベントを企画するのには、確かな理由があるんです。人々がよりよい世の中を求めているのだと信じていればこそなんです。そのためには、こうして自分から動かなくてはならないんですよ」

彼の本業をたずねた。

「教会を売っています」

驚くわたしをよそに、彼は続ける。

「バチカンからの依頼を受けて、教会の買い手を見つけること、それがわたしの仕事です。オランダには信者の数に比べて教会が多すぎるのですが、そのような教会がナイトクラブとして改築されたり、アパートに建て替えられたり、ブティックや、さらには売春宿として使われたり、とんでもないことがあちこちで起きたのです。そんなことがあって、教会の売買に関するシステムが見直されたというわけです。

教会だった建物を手に入れたいという人は、いまではその利用目的に対して承認を得なければなりません。通常わたしたちが許可を出すのは文化事業や慈善団体のために活用される場合、もしくは美術館や記念館などとして使われる場合です。

そのうえで、なぜわたしが講演会を企画しようとしているのか、ということですよね？

人々が集うことをやめてしまったからですよ。出会いなくして、人は成長などできません」

テオはわたしの目を見据え、こう締めくくった。

「**要は出会い方です**。それこそ、わたしがあなたに対して犯した間違いでした。あんな手紙など出さずに、直接あなたを訪ねていって、わたし自身も血の通った人間であることを直接示すべきだったのです。かつて、ある政治家からなかなか返事をもらえずに、その人のところに押しかけたことがありました。〝**もしなにかを手に入れたければ、相手の目を見て話さなければだめだ**〟と、彼にいわれたことを思い出します。

そのことがあってから、わたしはとにかく相手と向き合うことに決めたのです。結果が悪かったためしはありません。いまや通信手段はじつにさまざまですが、相手の目を見て話すことほど有効な方法など、なにひとつありません」

わたしがテオの依頼を引き受けたのは、いうまでもない。

追伸：後日、その講演のためにハーグを訪れた際のことだ。芸術家であるわたしの妻は、文化施設として活用できるよい場所をつねに探し求めていた。そのようなわけで、実際に売りに出されている教会をいくつか見学させてもらうことになった。

かつては500人からなる教区を支えていたという教会に案内された。値段を聞くとわずか1ユーロだというではないか（1ユーロ！）。だがその管理費用が天文学的レベルになるとも聞かされ、あきらめることにしたのだった。

虚無と向き合う

今日は強い雨で、外の気温は3度ほど。それでも毎日の散歩を欠かすと仕事がのってこないので歩きに出ることにしたのだが、風が強く10分ほどで帰宅する。

郵便受けに新聞が届いているが重要な記事はなにもなく、ただ記者たちが読者に読ませたい内容、彼らがたまたま関わった出来事、意見したい事柄などが紙面を埋めている。

パソコンに向かってメールを確認する。目新しいことはひとつもない。大して重要でもない決断をいくつか求められているが、簡単に片が付く。

アーチェリーの練習をしようと思い立つが、よくよく考えてみれば強風で無理。2年に1冊のペースで新作を書くのだが、今回のタイトルは『ザーヒル(The Zahir)』。出版まで数週間あるが、もう書き終えている。インターネット配信用のコラムも執筆した。自分のサイトの更新も完了している。

胃の検査にも行ったが幸いにも異常なし(胃カメラの管を飲むのに強い抵抗があったが、

いざ飲んでみると大したことではなかった）。歯医者にも行った。配達されて来るのを待っていた航空チケットも無事、速達便で届いている。明日の予定はあって昨日こなした用事もあるのだが、今日は……。

今日に限っていえば気にかけるべきことが、まったく、なにひとつないのだ。落ち着かない。なにかすべきなんじゃないか？　あえて仕事を作ろうと思えばそう難しいことではないだろう。

誰の頭のなかにだって構想中のプロジェクトは存在するし、家じゅうを見わたせば交換すべき電球だって見つかるだろうし、庭には落ち葉が溜まっており、棚に戻すべき本が出たままになっているし、コンピューターの画面上には整理すべきファイルが散らかっている。だがここは、**いっそこの虚無と向き合ってみるのはどうだろう？**

帽子をかぶって防寒着と防水ジャンパーを着て庭に出てみる。これで寒いなかでも4、5時間は耐えられるはずだ。濡れた芝の上にそのまま腰を下ろして、頭に浮かぶ物事をリスト化してみることにする。

（a）自分は役立たずな存在だ。いまこうしているあいだにも人々は忙しくがんばって働いている。

回答：わたしだって精いっぱい働いている。一日に12時間も仕事をすることだってある。今日はたまたま目の前になにもなかっただけだ。

（b）友人がいない。いまや世界でもっとも名のある作家のひとりといってもいいのに、わたしはこのように孤独である。電話をかけてくる友さえない。

回答：もちろん友だちなら何人もいる。ただわたしが孤独な時間を求めてこのフランス、サン＝マルタンの山村に籠っているということを、彼らは尊重してくれているのだ。

（c）接着剤を買う必要があった。

回答：昨日、接着剤を切らしていたことに気がついた。車に飛び乗って近所の町まで買いに出てもいいのではないか？　だがこの考えはここまでだ。なぜなにもせずにただ座るというのがこれほどまでに難しいのだろうか？

ほかにも次々と、さまざまなことが頭のなかを流れていく。

まだ起きてもいないトラブルの心配ばかりしている友人のこと。むちゃくちゃとしか思えない仕事に延々と従事している友人もいる。意味のない会話。重要な内容などまったくないのにひたすら切れない長電話。自分の立場を正当化するためだけに不要な仕事を生み出す管理職。重要な仕事が回されてこず出世の道を断たれたのではないかと不安に怯える役人たち。夜遊びに出た我が子のことを心配する世の母親たち。くりかえされるテストや試験のために自分を追い詰めてしまう学生たち。

わたし自身はといえば、接着剤を買いに町の文具店に行くという衝動と長く過酷な闘いを続けている。恐ろしいほどの不安感に襲われているが、少なくとももう数時間はこのまま自宅を離れずにいようと腹を決めた。

落ち着かない感情は徐々に思考へと変化し、わたしは魂の声に耳を傾けることにする。ずっと発せられていたはずなのに、わたし自身が忙しすぎたせいで無視してきた声だ。

風の勢いはおさまる気配がなく、雨も止まず、気温は低い。

明日には接着剤を買いに行くべきかもしれない。

なにもしていないわけではない。むしろこうして、もっとも大切な、すべきことをしているのだ。

自分自身がなにをどう思っているのか、その声に耳をすませているのだから。

杖とそのルール

2003年の秋のことだ。スウェーデンのストックホルムの中心部で、夜更けの散歩をしていると、両手にスキー用の杖を持って歩く女性を見かけた。

事故かなにかで怪我をしたのかと思ったが、どうやらそうでもないらしい。まるでスキーを履いて滑っているかのように、すばやくリズミカルに進んでゆくのだ。もちろん足元はアスファルトである。

「こんな街中でスキーの真似ごとだなんて、きっと変わり者にちがいない」と、わたしは単純きわまりない結論に達した。

散歩を終えてホテルに戻ったわたしは、さっそくそのことを我が編集者に話して聞かせた。

おかしいのは彼女ではなく、わたしのほうだと彼は笑った。わたしが目撃したのは「ノルディックウォーキング」と呼ばれるエクササイズの一種だったのだそうだ。

編集者の説明によれば、ただ足を動かすだけではなく腕や肩、背筋などを複雑に使わなければならず、効果的な全身運動として知られているという。

わたし自身がウォーキングをする際には（ウォーキングはアーチェリーと並ぶわたしの楽しみだ）、もっぱら思考をめぐらすこと、そして周囲にくり広げられるすばらしい景色を観察すること、もしくは妻との対話を楽しむことに意識を使う。編集者のいうエクササイズも面白そうだと思ったものの、それ以上のことは考えなかった。


あるとき、アーチェリーの道具を買おうとスポーツ用品店に立ち寄った際、登山用の杖が売られているのが目に入った。軽量のアルミニウム製の最新型で、カメラ用の三脚のように伸縮式だった。

ふと、ノルディックウォーキングのことを思い出したわたしは好奇心に任せ、妻の分とわたしの分、2組の杖を手に入れたのだった。長さを調節したわたしたちは、翌日さっそく試してみることにした。

驚きの発見といってよかった！　山を登り、また下りてきたわたしたちは、普段なら使わない筋肉を使ったという実感を得たし、山道でのバランスの取りやすさ、加えて体力の消耗の少なさにも驚かされた。1時間のうちに、普段の倍の距離を進めたことも面白かった。

干上がった小川の流域を探検したいと思いつつ、岩場を歩くのが大変で断念したのを思い出した。この杖があれば岩場も問題なさそうだと直感した。

インターネットを使ってカロリー計算をおこなっていた妻が、通常のウォーキングに比べて46パーセントも多くのカロリーを消費したと喜んでいた。おかげで彼女もノルディックウォーキングの虜となり、わたしたちの生活に新たな習慣が加わることになった。


ある夜、わたしはちょっとした気まぐれから、ノルディックウォーキングに関する情報をインターネットであれこれ調べた。そしてまた大きな衝撃を受けたのだ。情報に次ぐ情報の山が現れ、いくつもの連盟や団体、教則や手本などが示され、なんとルールまで設けられていることが判明した。

いったいどうして自分がそのルールのページに行き当たったのかわからないが、読み進めるうちに大きな失望を覚えたのは紛れもない事実だ。わたしのやり方は、なにからなにまで間違いだらけだったのだ！

杖はもっと長くあるべきだったし、取るべきペースも、杖を支える角度も違っていた。肩の使い方も誤っており、肘の動きも正しいとはいえなかった。つまり、あらゆることに厳格な規定が設けられており、技術面でもやっていいことと悪いこととが定められていたのだ。

わたしはルールの並んだページを丸ごとプリントアウトした。翌日、その更に翌日も翌々日も、わたしは専門家による正しい方法で杖を使えるようになろうと頑張った。ウォーキングそのものの楽しさは損なわれた。周囲の景色を味わうことはもうできず、妻との会話もなくなった。ただひたすらにルールばかりが気がかりになった。

そうして1週間が過ぎ、わたしはついにわからなくなった。いったい自分はなにが楽しくてこんなことを続けているんだ？

そもそも、健康のためのエクササイズなどするつもりなどなかったはずだ。

このノルディックウォーキングを編み出した人々だって、歩くことの楽しさやバランス感覚の向上、全身を無理なく動かすことなど、単にそのようなことを考えていたに過ぎないのではないか。どれくらいの杖の長さが自分に合っているかなど直感的にわかろうものだし、体幹近くに杖を構えたほうが動作が安定することなども、自ずと気づかないわけがないのだ。

しかし一度ルールが気になりだすと、それまで楽しめていたはずの杖がむしろ仇《あだ》となり、今度は消費カロリーだとか特定の筋肉の動かし方、それに背筋の正しい伸ばし方など、そんなことばかりに気を奪われるようになってしまった。

というわけで、すべてを忘れ去ることを心に決めた。

そのおかげでいまではまた手に杖を持ち、身のまわりに広がる世界を楽しみながら、自らの肉体が機能し、動作し、バランスを取るのを実感している。

もし体づくりをしようと思えば歩行禅のようなウォーキングなどせず、さっさとスポーツジムにでも入会するほうがいい。いまのところはこうして心穏やかに直感的なノルディックウォーキングを楽しむことが幸せなのだ。たとえ46パーセント余計にカロリーを消費できないとしても。

それにしてもなぜわたしたち人間は、なんでもかんでもルールをつくりたがるのだろう。

嵐がやってくる

地平線の彼方でなにが起きているのかわかるほど、遠くまで視野が開けていればこそ、「嵐の訪れ」を察知することができる。もちろんのことながら、「光」がその助けになる。沈みつつある太陽のおかげで、雲の形がくっきりと際立っている。稲妻が瞬くのも見える。音は届かない。風はまだ強くも弱くもなっていない。ただわたしは、地平線を見つづけてきたので、嵐がやってくるのがわかるのだ。

わたしは歩く足を止める。嵐が押し寄せてくるのを目にすることほど興奮を、もしくは恐怖をともなうことはない。避難場所を確保しなければと先ずは考えるが、それはむしろ危険なことだ。すぐに強風が吹き荒れ、屋根瓦を吹き飛ばし、木々の枝を折り、電線を叩き落すことになる。

子どものころフランス北部のノルマンディーに住んでいた旧友が、ナチス占領下のフランスに連合国の大軍が上陸するのを見たといっていたのを思い出す。彼のいったことがずっと耳に残っている。

「目が覚めたら、水平線は軍艦で埋めつくされていたんだ。自宅の横の浜辺では、ドイツ兵たちも同じ光景を目にしていた。なにがもっとも恐ろしかったかって、その静寂だよ。あの静寂こそ、まさに生死を賭けた戦いの前触れだった」

いまわたしを取り囲んでいるこの静寂もまったく同じだ。

そして少しずつ、とてもかすかに、わたしがたたずむトウモロコシ畑にも嵐の音が響きはじめる。気圧が変化していく。嵐がどんどん近づいてくる。植物のざわめきが静寂に取って代わる。


これまでの人生で、いくつもの嵐に遭遇してきた。

嵐はたいてい驚くべき猛威を振るい、そしてわたしは遠くに目を凝らすことを学び、天候を制御することなどできないのだと学び、耐え忍ぶことの意味を学び、自然の凶暴さを学ばなければならなかった。物事はいつも思いどおりになるわけではなく、だから慣れるほかないのだ。

もう何年も前になるが、わたしはこんな歌詞を書いた。**「雨がこの地を濡らすとき、漂うなにかを運んでくる、だからもう雨を怖れることはない」**

恐怖に打ち勝つためには、あのとき自分が記した言葉のとおりに、どんなにひどい嵐になっても、いずれはそれも過ぎ去るものと考えるのが最善なのだ。

風が強くなりはじめた。わたしはだだっ広い農園地帯で地平線上の、理屈のうえでは落雷を招くとされる、木々を見ている。着ている服がびしょ濡れになっても、わたしの皮膚は防水だ。だからどこか安全な場所を慌てて探し求めるよりも、目の前の光景をただ楽しむのが一番だ。

そして30分が過ぎる。

技術者だった祖父に連れ出されては外で遊んでもらったあのころ、よく物理法則について教わった。

「いいか、稲光がしたら雷鳴が聞こえるまで何秒かかるか数えるんだ。そして音速の340メートルをかけてみろ。そうすりゃ雷がどれくらい遠くに落ちたのかがわかるんだ」

やや難解なことではあるが、わたしは幼いころにその計算を身につけた。ということでいま、嵐が2キロ先まで来ていることを知っている。

雲のようすを判断するのに、まだ十分な明るさがある。飛行機のパイロットがCb、キュロムニンバス［積乱雲］と呼ぶ状態だ。金床のような形をしていて、まるで鍛冶屋が空を叩いているかのようだ。フランス南西部のタルベの町の上空で、猛々しい神たちのための剣を鍛えているのだ。

嵐がすぐそこまできている。嵐は破壊をもたらすものだが、雨は大地を潤して、天の恵みを届けてくれる。そして嵐は必ず過ぎ去る。激しければ激しいほど、足早に通り過ぎていくものなのだ。

神のおかげで、わたしは嵐に向き合う術を学んだのだった。

自分自身の伝説を生きる

本書の各ページを読むのに、だいたい3分ほどかかるのではないだろうか。ある統計によると、その3分のあいだに300人が亡くなって、620人が誕生しているそうだ。

1ページの文章を書くために、わたしは30分ほど費やしていると思う。コンピューターを前にして手元の作業に集中する。周囲には本が散らばり、頭のなかにはアイデアがある。外の道を車が通り過ぎていく。

なにもかも平穏なようだが、この30分のあいだに3000人が亡くなり、6200人がはじめて世界の光を目にする。

死者を弔う何千もの人々は、そして息子や娘、甥や姪、兄弟姉妹の誕生を笑顔で祝福する人々は、いったいどこにいるのだろうか？

わたしは手を止めて、思いに沈む。長く苦しい病気の末期にある人々、天使の迎えに安堵する多くの人々に想いを馳せる。同時に、生まれ落ちたばかりの何百、何千の子どもたちのなかには次の瞬間には見捨てられ、わたしがこのページを書き終えるより先に、死亡統計の一部となってしまう子もいるかもしれない。

なんと奇妙なことだろう。たまたま目にした統計の結果、誕生と死、笑顔と涙があることに、わたしは思いをめぐらせている。わたしがこうして閉じこもっているあいだにどれほどの人が人知れず命を終えているのだろうか。何人の子がひっそりと産み落とされては、児童養護施設や修道院の玄関先に置き去りにされているのだろうか。

かつては出生者数のひとりだったわたしも、いつかは死亡者数のなかに含まれることになるのだと考えてみる。

死を意識するのは悪いことではない。サンティアゴへの巡礼の道を歩いて以来わたしはそのことを理解している。**わたしたちは永遠を生きるが、この存在そのものにはいつか終わりが来るのだと。**

人は、死についてあまり考えないようだ。理不尽なことばかりに心を砕いて人生を送り、大切なことは後回しにして貴重な瞬間を見過ごしてしまう。

危険な目にあわないようにと、冒険を避ける。不平不満を口にしながら、行動を取ることを怖れる。変化を待ちわびながらも、自分を変えようとはしない。

死に対する意識を持てば、先延ばしにしてきた電話をかけておこうと思うだろう。もうちょっと羽目を外すようにもなるにちがいない。いずれかならず訪れる死を恐れてもしかたないのだと悟り、いつか現世を終えることを不安に感じなくなるだろう。

「この世を去るのに悪い日などない」というネイティブアメリカンの言葉がある。

「死はいつだってそこにあり、だからこそ意味あることを為すべきときには力と勇気を与えてくれる」という賢者の言葉もある。

ここまで読み進めた親愛なる読者のみなさん。わたしたちの誰もが遅かれ早かれ死ぬのだから、死を恐れるのは愚かなことだ。この事実を受け入れた者だけが、生きる準備を終えているのだ。

II

旅とは冒険である

旅は最高の学習方法

まだ若いころ、自分にとって最高の学習方法が「旅」であることに気づいた。

それからいまに至るまで巡礼者の魂は失っておらず、だからわたしのような人々の役に立つことを期待して、わたしが旅から学んだ教訓をいくつかここに伝えようと思う。

1．博物館を避けよう。

奇妙なアドバイスに思えるかもしれない。でも少し考えてみよう。見知らぬ外国のどこかにいるなら、過去よりも現在、いまを探して歩くほうがはるかにおもしろいのではないだろうか。旅先では訪れた土地の文化を学ばなければならないと子ども時代に学んだがために、博物館は見ておかなければならないと思いこんでいるだけではないだろうか。

自分が本当に見たいものはなんなのか、それを知ることが肝心だ。でなければ、見るべきものは見たけどそれがなんだったのか思い出せないという、そんな感覚を持って帰るはめになる。

2. バーで過ごす。

博物館とちがって酒場こそが、その街の人々の暮らしがよく見える場所だ。ディスコなどとは異なり近所の人々が訪れる店で1杯飲んで天気について語ったり、ただ世間話に花を咲かせたりすればいい。新聞を片手に行き交う人々のようすを楽しむ。馬鹿げた会話であっても、参加すれば楽しいものだ。

その先にどんなすてきな小道が続いているのか、入り口に立つだけではわからない。

3. オープンであること。

「最高のガイド」とは、その土地での暮らしや近所のことならなんでも知っていて、自分の街に誇りを持っている人のことだ。どこかの旅行代理店に所属しているわけではない。とにかく通りに出て、気になる人が目に入ったらなんでも聞いてみるといい（教会はどこですか？　郵便局に行きたいのですが。なんでもいい）。ぴんとこなければ別の誰かを探せばいい。その日のうちに必ず最高の案内が見つかるはずだ。保証する。

4. ひとり旅を心がける。もし既婚者ならパートナーといっしょに旅に出る。

世話を焼いてくれる相手がいなくて大変なことも多いだろう。でもそうなってはじめて本当の意味で祖国を離れることができるのだ。

団体旅行に参加すれば母国語を話すことになるし、旗振り役のいいなりになってしまう。せっかく訪れた土地よりも、集団内でのゴシップにまみれてしまうことになる。

5．比べない。

物価、衛生水準、生活の質、交通手段など、とにかくなんであっても比較しないこと！

自分がよりよい暮らしをしているのだと証明するために旅に出てきたわけではない。目的は異郷の人々の暮らしを見ること、そして彼らがなにを教えてくれるのか、それに意識を向けることだ。日常と非日常、さまざまな場面で人々がどう対処するのかを見ることだ。

6．自分が理解されていることを知る。

言葉が通じなくても、怯える必要なんてない。わたしもまったく言葉の通じない土地をいくつも訪ねてきたが、いつだって親切な人が現れて案内やアドバイスをしてくれた。ガールフレンドができたこともある。

ひとりで旅をすれば、道を見失って迷子になってしまうのではないかと心配する人がいる。でも、泊まっているホテルのカードさえポケットに入っていれば大丈夫。最悪の場合にはそれをタクシー運転手に見せればいい。

7. 買い物はほどほどに。

持ち運ばなくてもいいものに、お金を使おう。おもしろそうな芝居のチケット、レストランでの食事、チップ。いまやグローバル化とインターネットの時代であり、旅に出ずとも欲しいものは注文すれば届くのだから。

8. 短い期間にすべてを見ようとしても無理。

1週間で5つの都市をめぐろうとするよりも、ひとつの場所に4、5日滞在するほうがはるかにいい。街は気まぐれな女性のようなもの。触れ合ってからその正体を明かしてくれるまでには時間がかかるものだから。

9. 旅とは冒険である。

20万人の観光客であふれかえるローマのシスティーナ礼拝堂（バチカン市国）を訪れるよりも、誰も聞いたことのない教会を見つけ出すほうがはるかに重要だ、とヘンリー・ミラーはいっている。

たしかにシスティーナ礼拝堂は一見の価値がある。でも、あてもなく通りを歩いたり、気になる路地を探索したり、自分でなにかを探す自由を満喫してほしい。それがなんだかわからなくても気になるなにかとの出会いによって、人生が変わってしまうのだから。

道を行くリズム

「サンティアゴへの巡礼に関する話のなかで、なにか伝えそびれたことがあるのでは？」

マドリードのカサ・デ・ガリシアでの講演を終えたわたしが会場をあとにしようとしたとき、ある巡礼者が話しかけてきた。

もちろん、なにからなにまで話したわけではない。わたしの経験の一部を共有したにすぎない。にもかかわらず、わたしは彼女をコーヒーに誘った。わたしがいったい、どんな重要なことを話しそびれたのか、そのことに興味をそそられたからだ。


ベゴナ（それが彼女の名だった）が話しはじめた。

「サンティアゴへの道であれ、そのほかのいかなる道であれ、**人々は他人の決めたリズムに従って行かなければならないと思いこんでいるのではないか**、という気がするの。

わたしが巡礼に出たとき、最初は同行するグループについて行くことに必死だった。でもそれだと疲れてしまう。自分の体に、無理な負荷をかけすぎていたのね。気を張って歩いているうちに、左脚の筋を痛めてしまった。それで2日間の足止めをくらうことになったのだけど、そのことで、自分のリズムに従わなければサンティアゴにはたどり着けないということを悟ったの。

ほかの人たちよりも時間がかかったし、ひとりきりで歩く時間も長かったけど、それでも自分のリズムを尊重したからこそ、歩きとおせたのだと思う。その経験をしてからは、自分のリズムに従うようになったの」

1粒ずつの種

サンティアゴへの巡礼の旅の途中で、マリア・エミリア・ヴォスという女性から聞いた話を紹介しよう。

紀元前250年ごろの話だ。当時の中国のとあるところに、戴冠を控えた皇子《みこ》がいた。だが、即位するためには先ず妃《きさき》を娶《めと》らなければならない。法でそう定められていたのだ。皇后となるべき女性を見つける必要があるのだが、いったいどうすれば信頼に足る相手を選ぶことができるのだろう。ある賢者の助言に従い、皇子は国に住むすべての若い娘を呼び集めることにした。妃となるべき女性はそのなかにいるはずだ。

一方で、宮廷に長く仕える老女がいた。皇子の妃選びの話を耳にした老女は、胸をいためるほかなかった。自分の娘が皇子に対して密かな想いをよせていることを、老女は知っていたのだ。

その夜、帰宅した老女は、娘に対して宮廷でのことを話して聞かせた。娘も名乗りを上げるつもりだと知り、老女はとても驚いた。

老女は必死の形相で娘を諭した。

「かわいそうな娘よ、自分がなにをしようとしているのかわかっているのかい？　国中からお金持ちの美しいお嬢さんが勢ぞろいするんだよ。馬鹿をいうのはおやめ！　つらい胸のうちはわかる。でもその苦しさを狂気に変えてしまっては、身の破滅ってもんじゃないか」

娘は答える。

「愛するお母様、わたしは苦しんでもいなければ狂ってもいません。自分が選ばれないことなど百も承知です。でもこれが、皇子のそばで過ごすことのできる最後の機会となるのです。そのことだけで、わたしは十分幸せなのです。その先にどのような運命が待ち受けているのかなんて、覚悟のうえのことなのです」

ついにその夜が訪れ、娘は宮廷へと向かった。国中の美しい娘たちが最高の衣服と宝石を身にまとい、勢揃いしていた。妃となるのにふさわしい娘たちだ。

目の前の娘たちに向かって、皇子が口を開く。

「集まってくれたみなさんに、1粒ずつ種を与えましょう。半年後、もっとも美しい花を

咲かせた人こそが、この国の未来の后となるのです」

種を持ち帰った娘は、さっそく鉢に植えた。庭仕事は得意ではなかったが、土を丁寧にふるいにかけ、我が想いと等しく大きな花の咲く日を夢見つつ、手入れを怠らなかった。どのような結果が訪れようと、もうこれで思い残すことなどないはずだ。

3か月が過ぎたが種は、芽吹く気配さえない。農夫や庭師に助言を求め、できるかぎりの世話をした。だが、なにもかも徒労だった。1日ごとに自分の夢が遠ざかっていくのに娘は静かに耐えた。皇子に対する想いが薄れることはなかった。

半年が経ち、約束の朝が訪れた。結局、娘の鉢にはなんの変化も起こらなかった。

差し出すべき結果などなかったが、それでも自分がどれほどまでに心を尽くし、この鉢植えの世話をしてきたのかを知る娘は、母親の許しを得て宮廷へと向かった。愛する皇子を目に焼きつける最後の機会になることを、胸のうちで知っていたのだ。

いよいよ妃が決まる。美しい花を咲かせた立派な鉢を持った候補者たちの列に、ただ土だけの鉢植えを手にした娘も加わった。あの日よりもさらに美しい衣装に身を包んだ娘たちが、色とりどりに咲く花々を抱えて、ところせましと並んでいた。

ついにその時がやってきた。現れた皇子は注意深く、慎重に、候補者の一人ひとりに目を配った。集まったすべての娘たちをひとり残らず確認したあと、皇子は侍女の娘を妃に選ぶと宣言したのだった。

あちこちから不満の声があがる。ただひとり花を咲かせることさえできなかった、貧しい娘が選ばれたのだから、当然だ。

「みなさん。彼女だけがこの場でただひとり、妃となるに値する花を咲かせた女性です。

〝正直〟という名の花です。あなたたちに授けた種は、どれも育つはずのない種だったのです」

チンギス・ハーンと鷹

先日、中央アジアのカザフスタンを旅したおりに、鷹《たか》を使う猟師の狩りに同行する機会があった。ここで「狩猟」の是非について議論するつもりはないのだが、自然の摂理に単純に従っているだけだとしておきたい。

通訳はいなかったが、それが問題になるどころか、むしろよかった。猟師たちと話すことができなかったために、彼らがどのように狩りをおこなうのか、ひたすら注意深く見守ったのだ。

わたしたちの小さな一団が立ち止まると、鷹匠《たかじょう》はひとり距離を置き、鷹の頭にかぶせていた銀色の覆いをそっと外した。彼がどうしてその場所を選んだのかはわからないし、たずねる術もなかった。

飛び立った鷹は大空に円を描いてから渓谷へ舞いおり、しばらく姿を現さなかった。ほどなくして近寄ってみると、鷹の鋭い爪には1匹の狐が仕留められていた。同じような光景が、その後も何度かくりかえされた。

狩りを終えて村に戻ると、わたしは人々に狩りの感想を伝え、彼らが「どのようにして鷹を訓練するのか」についてたずねた。馴れた鷹は、鷹匠の腕で大人しくしている（そればかりか革製の防具をつけたわたしの腕も嫌がらず、お陰でその見事な爪を間近でじっくりと見ることができた）。

無意味な質問だったのだろうか。答えてくれる者はいなかった。代々にわたり父から子へと、ただその習慣が受け継がれているとのことだった。

雪に覆われた山々の姿、馬を駆る鷹匠たちのシルエット、そして鷹匠の腕から放たれた鷹が舞い上がり急降下するようすが、わたしの胸に深く刻まれた。

もうひとつ記憶に残ったことといえば、昼食をごちそうになりながら聞かせてもらった物語だ。

モンゴルの戦士チンギス・ハーンとその家来たちが、狩りに出かけた。

弓矢を手にした家来たちとは異なり、チンギス・ハーンの腕にはお気に入りの鷹が1羽、命令が下されるのを待っていた。人の目にはとらえることのできない獲物を上空から見つけ出すことのできる鷹は、弓矢などよりはるかに優れたものだった。

しかし、その朝に限っていえば、努力も虚しく1匹の獲物も見つけることができなかった。一行は失望のうちに野営地に引き返したが、チンギス・ハーンは不満を押し殺しながら今度はひとりで馬を走らせた。予定を超える狩りのせいで疲れはて、喉は渇ききってい た。真夏の陽射しに小川はすっかり干上がり、飲み水は底をついていた。だが幸運なことに、目の前の岩地のあいだを細く流れる湧水を見つけた。

彼は腕から鷹をおろすと、いつも離さず持ち歩いている銀の器を取り出した。じれったいほどゆっくりと時間をかけて器を満たした湧水をやっと口に運ぼうとした矢先、鷹が器を跳ね飛ばし、水を地面にこぼしてしまった。

チンギス・ハーンは激怒したが、なんといってもお気に入りの鷹だ。主と同じく水が欲しかったのだろう。彼は器を拾い上げると汚れを払いまた水を汲んだ。やっと半分ほど満ちたとき鷹がふたたび器を襲い、水をぶちまけてしまった。

愛する鷹であるとはいえ、このような無礼が許されていいはずはない。もし誰か目撃した者がいたなら、皇帝は鷹の1羽も手懐けることができないのだと家来たちの知るところとなるだろう。

気を取り直したチンギス・ハーンは、今度は抜いた刀を片手ににぎり、器を流れに近づけた。片目で湧水を確かめつつ、もう片目では鷹をとらえて離さなかった。いよいよ水が器を満たし、いざ喉をうるおそうとしたまさにそのとき、鷹が3度飛びかかってくるのが見えた。刀をひと振りする。鷹はあえなく命を終えた。

水はまたこぼれ、湧水はもう枯れていた。どうしても飲み水をとチンギス・ハーンは岩を登って水源を探した。小池のように溜まった水源のなかに、猛毒で知られる毒蛇の死体がひとつ沈んでいた。もしこの水を飲み込んでいれば彼もまた命を落としていたにちがいない。

殺してしまった鷹を抱えて、チンギス・ハーンは野営地に戻った。そして鷹の置物を金でつくるよう家来に命じ、片方の羽に次のように言葉を彫らせた：

友が汝を怒らせたとしても、友は友でありつづける。

またもう一方の羽にはこのように彫らせたという：

怒りに任せ行動すれば、失敗を招く。

ショッピングモールのピアニスト

友人ウルスラと、あるショッピングモールを歩いていたときのことだ。彼女はハンガリーの生まれで、いまではふたつの国際的なオーケストラで活躍するヴァイオリニストだ。突然、ウルスラがわたしの腕をつかんだ。

「ねえ、聴いて！」

わたしは耳をすませた。大人たちの声、子どもたちの叫び声、家電ショップから響くテレビの音、タイル貼りの床を打つハイヒールの固い音、世界中のショッピングモールで耳にする当り前の音が、そこかしこから響いていた。

「素敵じゃない？」

ありふれたショッピングモールの音じゃないかと、わたしは答える。

「ピアノよ！」と、ややがっかりしたような顔で彼女はわたしの顔を見る。「このピアニストはすばらしいわ！」

「これ、録音じゃないの？」

「冗談はよしてよ」

そういわれて耳をすますと、確かに生の演奏のようだ。ピアニストの弾くショパンのソナタが聴こえてくる。

演奏に意識が重なったいま、それ以外の音はすべて掻き消されてしまう。

わたしたちふたりは人混みを縫って、あれこれの店や特売コーナーなどを横目に、館内放送をかいくぐりながら、音のするほうをめざす。フードコートでは人々が食事をしながら、笑い、議論し、新聞紙を広げている。どのショッピングモールでも見かける特設ステージがあり、その周囲を買い物客が行き交っている。

たまたま、今回のアトラクションが、このピアニストの演奏だったというわけだ。

ピアニストはさらに2曲、ショパンのソナタを演奏したのち、シューベルトとモーツァルトのピアノ曲を披露する。30歳になるかならないかといったところだろうか。ステージ横の張り紙には、旧ソ連の国ジョージア出身の名のある演奏家だと記されている。

演奏できる機会を探し回ったにちがいない。どこへ行っても機会を得られず絶望しながら、このショッピングモールのステージにたどり着いたにちがいない。

じつのところ、彼の実体がこの場にあるのか疑ったほどだ。彼の眼差しは、奏でる音楽の魔境にのみ注がれている。その手を介してほとばしるのは愛と魂、情熱、自らのうちにある最善と呼ぶべきあらゆるもの、積み重ねた練習の歳月、集中力、そして規律だ。

彼が見落としているものがあるとすれば、ここには誰ひとり、完全に誰ひとりとして、その演奏に耳を傾ける人などいないということだけだ。

人々は買い物のために、食事のために、暇つぶしのために、ただ見てまわるためだけに、もしくは友人との約束があって集っているにすぎない。一瞬わたしたちの横にふたり組が立ち止まったが、大声で話しながら歩き去った。

しかしピアニストが心を乱すことはなく、集中してモーツァルトと対話している。聴衆はわたしたちふたりだけ。そのことにすら彼は気づいていないだろう。比類なき才能のヴァイオリニストが目に涙を浮かべ、耳を傾けていることにさえ。

以前、とある修道院に彷徨《さまよ》い込んだ際、ひとりの若い女性が神に音楽を捧げている場にめぐり合ったことがある。だが、それは礼拝堂での出来事であり、なにも不思議なことはなかった。しかしこの場では、人々どころか、神でさえ耳を貸そうとはしていない。

いや、それはちがうかもしれない。神は確かにそこにいたのだ。

聴衆の有無も、報酬が多いか少ないかも気にかけず、ただ最高の演奏をするピアニストのその魂に、鍵盤をなでる指先に、神が宿っていたのだった。

まるでミラノのスカラ座か、もしくはパリのオペラ座ででもあるかのように、彼は音楽を奏でていた。それこそが彼の宿命であり、喜びであり、生きる理由であるとしか説明がつかない。

畏敬の念に深く打たれたわたしは、その瞬間、ある重要な教訓を思い出したのだった。**わたしたち一人ひとり、誰もが自ら担うべき伝説を持っており、それこそが人生のすべてなのだ。**他者からの支持や無責任な批評、もしくは黙殺、放たれる苦言になどかまうことなく、**わたしたちは自らの宿命に従い湧きあがる喜びを享受するのみなのだ。**

モーツァルトをもう1曲披露したのち、ピアニストの演奏の幕がおりた。そしてはじめて、彼はわたしたちの存在に気づいた。こちらに向けて控え目で優雅な会釈をする彼に対し、わたしたちも頭を下げて応える。

わたしたちの控え目な拍手も届かず、目の前にある世間と重なることもないままに、また自分の楽園へと帰ってゆく彼を、ここは静かに見送るのが正解だろう。彼はわたしたちの目に模範を示すことで役割を果たしてくれたのだ。

誰からも見向きもされないようなときには、あのピアニストのことを思い出すこととしよう。演奏を通じ神と触れ合う、それこそがあの場で起きたすべてだった。

空港のバラの花

全米書店協会が主催するブックフェアに向かうため、わたしはニューヨークからシカゴ行の便に乗った。突然、乗り合わせた青年がひとり立ち上がり、わたしたち搭乗客に向けて演説をはじめた。

「どなたか、1本ずつこのバラの花を持って飛行機を降りていただきたいのですが、12名のボランティアをお願いできないでしょうか」

あちこちでぱらぱらと手が挙がった。わたしも手を挙げたものの、選ばれなかった。

選ばれはしなかったものの、わたしはその一行のあとを追うことに決めた。オヘア空港に飛行機が着陸すると、青年は到着ロビーで待つ若い女性を指差した。乗客たちがひとりずつ、彼女にバラの花を手わたしていく。

その最後に登場した青年が、わたしたちの目の前でプロポーズを告げると、彼女はそれを受け入れたのだった。

乗務員がわたしの耳元で囁《ささや》く。「もう何年もこの仕事をしていますが、これぞオヘア空港で起きたもっともロマンチックな事件ですね」

言葉のいらない世界

あれはたしか1981年の冬、妻といっしょにプラハの街を歩いていたときのことだ。通りを囲む建物の絵を描く青年と出会った。

旅の途中で荷物を増やすことがなにより嫌いなわたしだったが、その青年の絵の1枚がどうしても気になり、ついに買ってしまったのだった。

代金を支払おうと財布を取り出したとき、氷点下5度の冬のプラハでその青年が手袋もつけずに絵を描いていたということに、ふと気がついた。

「なんで手袋をしない?」わたしはたずねた。

「色鉛筆を持てるようにね」と、彼は答えた。

そして自分がいかにこの冬のプラハを愛しているかを、彼はとうとうと話しはじめたのだった。この季節こそ、描くのに最高なのだと。

絵の買い手がついたことに大いに喜んだ青年は、わたしの妻の肖像画を描こうと持ちかけてきた。お代はいらないと彼はいう。

描き終わるのを待つあいだ、なにか奇妙な変化が起こったことにわたしは気づいた。言葉を交わし合いながら、気がつけば5分も経っているというのに、わたしたちは互いの言語を知らないのだった。身振り手振りや表情などで、そして互いに対する興味に導かれながら、わたしたちは通じあっていたのだった。

なにかを共有しようというその単純きわまりない情熱が、言葉を介す必要のない言語の世界へとわたしたちを招き入れたのだ。なにごとも淀みなく、いかなる誤解の生じる余地もない世界がそこにはあった。

バナナと人生の意味

すばらしい料理を食べさせてくれるにもかかわらず、かならず座れるローマのレストランがあって、そこがイザベラとわたしがいつも落ち合う店だった。ネパールから帰ったばかりの彼女は、旅先の寺院ですごした数週間を振り返り、土産話を聞かせてくれた。

ある午後のこと。ひとりの僧侶とイザベラは寺院の近所を散歩していた。ふと足を止め、手にした荷物の中身をじっと覗きこんだ僧侶は顔を上げ、こんなことを教えてくれたのだそうだ。

「バナナが人生の意味を教えてくれると、ご存じでしたか？」

僧侶はそういうと、黒くなったバナナを荷物から取り出して、投げ捨てた。

「いまのはすでに過ぎ去った人生です。残念ながら役目を果たさず、いまとなってはもう手遅れですね」

僧侶はそういうと、今度はまだ青々とした若いバナナを取り出した。そしてイザベラに見せてから、荷物のなかに戻した。

「いまのは、これから訪れる人生を待ち受けている状態です。出番まではもう少しばかり待つ必要があるようですね」

最後に、僧侶はよく熟れたバナナを取り出して皮をむくと、イザベラに差し出した。

「これこそまさに、いまこの瞬間です。恐れず、遠慮せず、ただ味わいつくせばいいのです」

ブルーマウンテンズ

オーストラリアに到着した翌日のこと。編集者に連れられてシドニーからほど近い自然公園にでかけた。ブルーマウンテンズという名の鬱蒼《うっそう》とした森に囲まれ、オベリスクに似た3つの岩が突き立っていた。

「スリーシスターズと呼ばれています」といいながら、編集者がある伝説を教えてくれた。

3人の妹たちを連れて歩く導師の前に、ある高名な戦士が現れた。

「美しい娘たちよ。そなたたちのひとりに結婚を申し込みたい」

「もし誰かひとりだけが嫁げば、残されたもうふたりは自分たちが醜いのだと思うでしょう。戦士が3人の妻を娶ることを許された部族を、わたしは探しているのです」導師はそういい残して立ち去った。

それから何年ものあいだ、導師はオーストラリアのあちこちを旅したが、そのような部族を見つけることはできなかった。

「すくなくとも、わたしたちのうちのひとりだけでも幸せになれたかもしれないのに」と、年を重ねて歩き疲れた3姉妹が嘆いた。

「わたしが間違っていたのだ。だがもう遅すぎる」と導師は天を仰いだ。

そして3人を、岩の塊に変えてしまったのだった。**ひとりの幸せがほかの誰かの不幸を意味しないことを道行く人々に示すために。**

ノーマの幸せの秘密

スペインはマドリッドのある場所に、ノーマという名のブラジル人が暮らしている。ものすごく特別な女性だ。スペイン人たちは彼女のことを「ロックな婆さん」と呼んでいる。60歳を超えてなお、あらゆる場所に顔を出し、プロモーションやらコンサートやらの運営をしているのだ。

あれは、朝方4時くらいのことではなかっただろうか。もう立ち上がることもできないほど疲れはてたわたしは、「その元気がどこから湧いてくるのか」と、ノーマにたずねたことがあった。

「〝魔法のカレンダー〟を持ってるのよ。もし興味があるなら、特別に見せてあげてもいいけど」

翌日、わたしは彼女の自宅をさっそく訪れた。そして、メモでいっぱいの古いカレンダーを見せられたのだ。

「ごらんなさい。今日はポリオのワクチンが発見された日よ」と、彼女は指差す。**「このすばらしい日を祝福しないとね」**

1日もらさず、過去のその日にあった特別な出来事が、ノーマの字で記されていたのだった。ノーマにとっては、人生の毎日が幸せの記憶なのだ。

小さかったころの疑問

アーチェリーの練習場所を探してピレネー山脈のトレイルを登っていると、フランス兵の野営地に出くわした。兵士たちがわたしの姿に目を光らせたが、わたしはなにも見なかったふりをしてそのまま歩きつづけた（スパイと間違われては大変だと少し神経質になりすぎたかもしれない……）。

ちょうどよさそうな場所を見つけ、準備運動の呼吸法をしていると、装甲車が近づいてくるのが見えた。

すぐに防衛姿勢に入ったわたしは、想定される質問に対する返答を頭にめぐらせ、武装を整える。わたしはアーチェリーのライセンスを持っている。ここは安全な場所だ。ここは軍ではなく森林警備隊の管轄である……などなど。

しかし、車から降り立った大佐はわたしが作家であることを確認すると、この地域に関するいくつかの興味深い話を聞かせてくれ、それからやや恥ずかしそうな顔をしながら、じつは自分も本を書いたことがあるのだと打ち明けた。そして、その出版にまつわる不思議な話をはじめた。

彼とその妻は、ハンセン病を患った児童の支援活動をおこなっていた。そのなかにひとり、インド人の女の子がいて、やがてフランスへと移住してきた。

あるとき、その子に会いたいと思い立った彼らは、療養施設を兼ねた修道院を訪ねた。幸せな午後のひとときだった。

帰ろうとする彼らを修道女が引き止め、ちょっと相談があるという。施設の子どもたちの精神教育を手伝ってくれないかという申し出だった。

ジャン・ポール・セトウ（その大佐の名だ）は、自分は公教要理［カトリックで、洗礼志願者や子どもたちにキリスト教信仰を教えるための教材（カテキズム）］を教えた経験はないと前置きしたのち、どうすべきかは神の御意志に従いたいと告げ、帰宅した。

帰宅後、夜の祈りを終えたのち、彼は答えを受け取った。**「答えを示そうとするのではなく、子どもたちがなにを知りたがっているのかを見つけなさい」**

セトウ大佐は、あるひらめきを得た。近隣の学校をまわり、世界について知りたいと思うことをひとつ残らず、児童たちに書き出してもらうことにしたのだ。人見知りの子だっているだろうから、文字で書いてもらうほうがいいだろうと考えた。

そうして集まった質問集を『いつも質問ばかりの少女（L'Enfant qui posait toujours

des questions)』という1冊の本にまとめたのだった。
その本のなかから、いくつか紹介したいと思う。

人は死んだらどこへ行くの？
なぜわたしたちは外国人を怖がるの？
火星人などの宇宙人は、本当にいるの？
神様を信じていても事故にあってしまうのはなぜ？
神様ってなに？
どうせ死んでしまうのに、なぜわたしたちは生まれてきたの？
空の星は数えられる？
戦争や幸福を発明したのは誰ですか？
神様を信じていない人の声も、神様は聞いてくださるのでしょうか？
なぜ貧しい人や、病気の人がいるの？
どうして神様は蚊やハエを生み出したのか？
悲しいときに限って守護天使が現れないのはなぜ？
どうしてわたしたちは人を愛し、人を憎むの？
いろんな色の呼び方を考えたのは誰？

もし神様が天国にいて、わたしのお母さんも天国にいるなら、どうして神様だけが生きているの？

もし読者のなかに教師がいるのなら、ぜひ一度この方法を試してほしい。この世界に対する大人の理解を押しつけようとするのではなく、わたしたちにもまだ答えの出ない、小さかったころの疑問をいくつか思い出させてもらえるから。

すべてが備わっている

　ニューヨークに住むサンパウロ出身の画家に招かれ、彼のスタジオに集まったときの話だ。

「天使」や「錬金術」といった話題について議論になった。誰もがその内面に全宇宙を抱えているがゆえに世界に対する責任を負っているのだという「錬金術的理念」について同席者に説明しようとするがうまくいかず、わたしは苦心していた。明確なイメージを伝えるための的確な言葉を、わたしは見つけあぐねていたのだ。

　黙って会話に耳を傾けていた画家が口を開き、わたしたちに窓の外を見るよう促した。

「なにが見える？」

「グリニッジビレッジの通りが見えるね」と、誰かがいう。

　画家は大きな紙を持ってくると、それで窓を覆い隠してしまった。当然のことながら外はもう見えない。画家は手にしたナイフで、小さな四角を切り抜いた。

「この穴からは、なにが見える？」と、画家がたずねる。

「さっきと同じ道だね」と、別の誰かが答える。

画家は、さらにいくつかの小さな四角い穴を切り出す。

「どの穴からも、同じように、グリニッジビレッジの道の景色が見えるだろう。**つまり、我々の誰もが同じ宇宙を宿しているとは、そういうことさ**」

彼の生み出したイメージに、一同は感嘆のため息を漏らしたのだった。

わからないことをはっきりさせる

オーストラリアのメルボルンで開催された出版イベント（Writers' Festival）のメインゲストとして、わたしが登壇することになった。

午前10時、会場はすでに大勢の聴衆で埋め尽くされている。ジョン・フェルトンという地元の作家が進行役で、インタビュー形式のトークが幕を開けた。

こういったステージに立つ際にはいつだって不安な気分に押しつぶされそうになるものだ。フェルトンがわたしの略歴などを紹介してから質問をはじめる。しかしフェルトンはこちらの話を最後まで聞いてくれず、途中でさえぎって次の質問に移ってしまう。それどころかわたしのコメントに対して「話がいまいち見えませんね」などと横槍を入れてくる始末だ。

開始から5分ほどで、会場には不穏な空気が漂いはじめた。なにかがおかしいと誰もが感じていたにちがいない。

わたしは孔子の言葉を思い出し、それを行動に移すことに決めた。

「わたしの著書について、どうお考えでしょうか？」

「ここではこちらがインタビュアーですから」と、フェルトンがわたしを制す。「あなたは質問をする立場にはありません」

「わたしの話を最後まで聞いてもらえないのですから、立場は関係ありません。〝**知らざるを知らずとせよ是知れるなり**〟という孔子の言葉はご存じでしょう。わからないことは、その場ではっきりさせましょう。いま一度、はっきりおたずねします。わたしの著書について、あなたはどうお考えですか？」

「率直にいって好みではないですね。あなたの本を2冊ほど読ませてもらいましたが、いずれもむしろ嫌いでした」

「わかりました。それでは対話を続けましょう」

こうして戦いが幕を開けたのだった。会場は緊張感から解放され、刺激的な空気がその場を満たした。インタビューは熱のこもった討論となり、居合わせたすべての人々――フェルトン本人も含む――が、満足する結果になったのだった。

網の手入れ

ニューヨークに着いたわたしは、一風変わったアーティストと喫茶店で落ち合う。

普段はウォール街の銀行に勤める彼女だが、ある夜、夢のなかで啓示を受けたという。世界のどこか12か所を訪れ、それぞれの場所で絵画もしくは彫刻を創作して自然の景色のなかに遺すのだという。

これまでのところ彼女は、4点の作品を遺している。そのうちの1点の写真を見せてくれた。カリフォルニアのとある洞窟のなかにつくった、アメリカ先住民の彫刻だ。

夢のなかで次の啓示がもたらされるまで彼女はいつもどおり銀行で働き、そうすることで次の創作のための渡航費などを蓄える。

彼女にその理由をたずねる。

「世界の均衡を保つためよ」と彼女は答える。

「……といわれたところでわけがわからないかもしれないけど、わたしたちの周囲には、わたしたちのおこない次第で強くなったり弱くなったりする〝不安定な網〟が張りめぐらされているの。無意味とも思える単純な行動によってこの世の多くのものを守ったり、また壊してしまったりする。わたしの見た夢に意味なんてなかったのかもしれないけど、見てしまった以上はそれをやらずに後悔するなんて嫌なのよ。

この人間世界ってとても巨大なもろい蜘蛛《くも》の巣のようなものだと思うのよ。その蜘蛛の巣のほころびを繕うのが、わたしがこの仕事を通じてやっていることなの」

見えないモニュメント

「なかなか面白い記念碑じゃないか」と、ロバートがいう。

秋も深く、夕方の太陽が沈みかけている。わたしたちはドイツのとある街にいる。

「なにも見えないけど？」と、わたしは応じる。「ただの広場じゃないか？」

「足元を見てみろよ」とロバート。

わたしは足元を見下ろす。同じ形の石畳が、どこまでも敷き詰められているだけだ。友人をがっかりさせたくはないが、なにも見つけることができない。

ロバートが説明をはじめる。「これは、〝見えないモニュメント〟と呼ばれているのさ。この石畳の一枚いちまいの裏側に、殺されたユダヤ人の名前と場所とが彫られているんだ。名もなき芸術家集団が、第二次世界大戦中にこの広場をつくったんだ。その後あらたな殺戮の証拠が見つかるたびに、石版がどんどん増えていったというわけだ。**いまは誰にも見えないが、物言わぬ証言者としてこの場所は存在しつづけることになり、過去になにが起きたのか、いつの日かまた暴かれることになるんだ**」

愛だけで十分だった

日本人の記者から、お決まりの質問が向けられる。

「好きな作家を教えてください」

わたしもいつもと変わらぬ答えを返す。「ジョルジェ・アマード、ホルヘ・ルイス・ボルヘス、ウィリアム・ブレイク、それとヘンリー・ミラー」

通訳の女性が驚いた顔でこっちを向く。「ヘンリー・ミラー?」

質問するのは自分の仕事ではなかったと気づいた彼女は、通訳に戻る。

あの返答のなにがそれほど意外だったのかと、インタビューのあとで彼女にたずねる。ヘンリー・ミラーの「ポリティカル・コレクトネス」が問題だとでもいうつもりだろうか?　わたしの世界が大きく開けたのはミラーのお陰だったし、その著作には現代文学には珍しく、エネルギーと生命力が満ちている。

「とんでもない。ヘンリー・ミラーを批判するつもりなんてありません。わたしもミラーの本が好きなんです」と、彼女は首を振る。「ところで、ミラーが日本人女性と結婚していたことは、ご存じですか？」

もちろん知っている。好きな作家のことならば、その生涯にまつわるあらゆることを知りたくなる。

ジョルジェ・アマードをひと目見ようとブックフェアに参加したこともあれば、ボルヘスに会えると聞いて48時間の道のりをバスに揺られたことだってある（ボルヘスを目の前にして、緊張のあまり言葉が出てこなかったのは苦い思い出だ）。

ニューヨークではジョン・レノンのアパートメントの呼び鈴を鳴らした（訪問した理由を紙に書いて残せばジョンから連絡をするとドアマンにいわれ、そのとおりにしたがジョン・レノンからの返事はついになかった）。

ヘンリー・ミラーの暮らすビッグ・サーを訪ねる旅の予定を立てたが、旅費が貯まる前に当の作家が亡くなってしまった。

「その日本人女性の名は、ホキといったね」と、わたしは胸を張って答えた。「東京には、ミラーの水彩画を集めた美術館もあるようですね」

「今夜、よろしければホキさんと会われませんか？」

なんというめぐり合わせ！　もちろん、憧れの作家と暮らしをともにした人物に会ってみたくないわけがない。彼女のもとにはおそらく世界中から取材があるにちがいない。ミラーとの結婚生活は結局、10年ほども続いたのだ。

わたしのようなただのファンがお邪魔して迷惑ではないだろうか。しかし目の前の彼女が問題ないというのだから、その言葉を信じるほかない。日本人は約束を破らない。

その日の終わりまで、落ち着かない気分で過ごした。促されるままタクシーに乗り込むと、なにもかもがとても奇妙に思えた。高架線路の真下を通る暗い小道でタクシーを降りた。いまにも崩れてしまいそうなおんぼろビルの2階の、小さなバーを彼女は指差した。

階段をのぼり客のいない店内に入ると、ホキ・ミラーその人がいた。

驚きが顔に出ないように、彼女のかつての夫である作家への敬意をやや大袈裟に伝える。奥の部屋へと通される。写真が数枚、署名入りの水彩画が2、3枚、そして献辞の添えられた1冊の本、それだけが飾られた小さな展示場になっている。

ロサンゼルスの大学院に通っていたころの、ヘンリー・ミラーとの馴《な》れ初《そ》め話を聞かせてくれる。生活費を稼ぐために彼女はレストランでピアノを弾いて、フランスの曲を（日本語で）歌っていたのだそうだ。

その歌声に魅せられたミラーが（ミラーは人生の大半をパリで過ごした）、ホキを誘い出すようになる。幾度かの逢瀬を重ねたのち、ミラーが結婚を申し込んだ。

バーにはピアノが1台置かれており、まるでふたりが出会ったその日が再現されているかのようだ。ともに過ごした日々の素敵な思い出話を、彼女は聞かせてくれた。70代のミラーと50近くも年の離れたホキとの、その年齢差ゆえに起きた問題もいくつかあったと記憶を掘りおこしてくれた。著作の権利などまで含むミラーの遺産はすべて過去の妻たちが相続してしまい、ホキのもとにはなにも遺されなかったそうだ。

しかし、彼との日々からもたらされた経験はお金に替えられるものではないから遺産のことはどうでもいいのだと彼女はいった。

その昔、ヘンリー・ミラーの心を奪ったその曲を、歌って聞かせてほしいと彼女に頼む。彼女は目に涙を浮かべながら、『枯葉』を歌いはじめる。

胸に沁みる歌声だ。バーのようす、ピアノの音色、ほかに人のいない空っぽの店内に響く彼女の歌声が、わたしたちの心をつかむ。前妻たちが手にした成功や富、ホキに分配されても不思議ではないミラーの印税や、いまごろ享受していたかもしれない国際的な名声など、いっさい気にかけていないかのような。

「遺産のことで揉めるなど、無意味なことだと思いましたよ。愛だけで十分だった」と、まるでわたしの考えを見透かすように彼女はいった。**そう、この光のなかでは恨みつらみも意味などもたず、「愛」さえあればそれで十分なのだと思う。**

我が義父の話

亡くなる直前、わたしの義父クリスティアーノ・オイティチカは一族を呼び寄せた。

「死もまたひとつの旅路だってことは知ってる。悲しみのない旅になればと願っているんだ。おまえたちが心配しなくてもいいように、人助けの価値について話しておこうと思う」


義父は火葬を望み、その遺灰は彼の愛した音楽が流されるなか、リオデジャネイロの南部にあるアルポアドール・ビーチに撒かれることとなった。

その2日後に、義父は旅立った。友人の手配によりサンパウロで火葬がおこなわれた。リオに戻ったわたしたちは、テープレコーダーとテープ、そして遺灰を納めた骨壺とをもって、ビーチへと向かった。

いざビーチに着いてから、義父の骨壺の蓋がネジで固くしめられていることに気づいた。あれこれ試したが、開けることができなかった。

近くにいたのは物乞いの男だけだ。彼はわたしたちのところへやってくると「どうしたんだい？」とたずねた。

「この壺のなかの父さんの遺灰を撒くために、ドライバーがいるんだ」と義弟が答えた。

「そうかい。きっといい人だったんだろうね。なにしろちょうどこいつを拾ったところさ」と、物乞いはいった。

そして1本のドライバーを差し出した。

死後、世界をめぐる

自分の体をバラバラにして、それを世界中にばらまいたらどうなるんだろう。わたしはよくそんなことを考える。

東京で散髪し、ノルウェーで爪を切って、フランスの山道で転んで血を流したこともある。はじめて出した『地獄のアーカイブ』という本のなかで、わたしはこのテーマについて簡単な仮説を披露した。

来世やその先の転生の際、どこで生まれ落ちてもかならずなにか自分にゆかりのあるものを見つけることができるように、世界各地に自分の体の断片を撒いておくべきではないか、という話だ。

フランスの新聞『ル・フィガロ』が、実際にあった出来事として、この考えを実践した人物がいたことを記事にしていた。２００１年６月の記事で、書いたのはガイ・バレットという人物だ。

それは、オレゴン州メドフォードで生涯を過ごした、ヴェラ・アンダーソンというアメリカ人女性の話だ。

年をとったのち肺気腫を悪化させ、脳卒中も患った。それが原因で、酸素吸入器の設置された部屋に何年間も閉じこもる生活を余儀なくされた。

そう聞くだけで苦しい状況がわかると思うが、ヴェラの場合はさらに悲劇的だった。なにしろ彼女は定年したら世界旅行に出ることを夢見て、ずっと貯金を続けてきたのだ。

ヴェラはどうにかコロラドに引っ越し、息子のロスのもとで余生を過ごすことになった。そしてもう戻ることのない最後の旅に出る前に、ある決心をしたのだった。**生きているうちは国内旅行も満足にできなかったが、死んだ後に世界を旅するのだ。**

息子のロスは、地元の公証役場に母の遺言を登録した。まずは、死んだら火葬にしてほしい。それ自体は特に変わったことではない。だが遺言状には遺灰を241個の小袋に分け、アメリカ全土の50州、そして世界各地の191か国の郵便局長に宛てて発送するよう、書かれていたのだ。

ヴェラが亡くなってすぐに、ロスは遺言を実行に移した。息子として最大限の敬意を以て、母の最期の願いを叶えたのだ。遺灰をおさめた封筒に現金書留を同封して、母の葬儀に協力してほしいという内容のメッセージを添えた。

ヴェラ・アンダーソンの遺灰を受け取った誰もが、ロスからの依頼に真摯に応じた。生前のアンダーソン夫人が旅してみたいと願った世界の各地で、互いに知らない人たち同士が共感で結ばれ、なんとも多彩な葬儀がとりおこなわれた。

ヴェラの遺灰は、アイマラ族の古代の伝統にのっとってボリビアのチチカカ湖に撒かれ、ストックホルムの王宮の前を流れる川に撒かれ、タイではチャオプラヤ川のほとりに撒かれ、また日本の神道を奉る神社にも納められ、南極の氷河、サハラ砂漠ともいっしょになった。南米の孤児院（国名は明らかにされていない）で奉仕活動をおこなう修道女たちは散骨を前に1週間の祈りを捧げたのち、ヴェラ・アンダーソンをその庭園の守護天使とすることを決めた。

人種も文化も異なる五大陸の各地から、ロス・アンダーソンのもとへ続々と写真が送られてきた。母の遺志を叶えてくれた人々の姿が写されていた。

今日の世界はまるで分断ばかりが進んでいるように見えて、人々は他人のことなどおかまいなしだ。でもヴェラ・アンダーソンのこの最後の旅を思うにつけ、世界にはまだ見も知らぬ他者に対する敬意と愛と善意とが存在していることを知り、希望が湧いてくる。

III

愛をもって見てみれば

詐欺と慈善

ちょっと前のこと、リオデジャネイロのイパネマで、町の不良少年たちに身ぐるみをはがされたというスイス人旅行者を、妻が助けたことがある。パスポートも金も失って、寝る場所さえもないと、外国語訛《なま》りの強い、片言のポルトガル語で男は訴えていた。

妻は彼に昼食を与えてから大使館に連絡するのを待って、その夜の宿泊費を支払うのに足りるだけの現金を与えてから見送った。

数日後、リオの新聞にこの「スイス人旅行者」についての記事が載った。リオデジャネイロを愛する市民の善意を利用した詐欺師だと書かれていた。外国人旅行客にリオの悪い記憶を持ち帰ってほしくないという、わたしたちの郷土愛を悪用したのだ。

その記事を読んだ妻は、ただ「なんだろうと、困った人がいたら助けるだけよ」と切って捨てた。

その言葉を聞いて、北インドのアクバルの街にやってきた、ある賢者の話を思い出した。

人々の関心を引くことができず、彼の教えはなかなか届かなかった。それどころか人々はそんな彼のことを物笑いの種にするようになり、心ない言葉さえ投げつけた。

ある日のこと、賢者がアクバルの目抜き通りを歩いているのを見かけた数人の男女が、いやがらせをはじめた。無視することもできたはずだが、賢者は彼らに向き直って祝福を授けた。

ひとりがいった。

「こいつ、ぼんくらなだけじゃなくて耳まで聞こえないのかね？　こんなひどい言葉でさげすまれて、まだ祝福をだなんて！」

「わたしたちは誰しも、自分の内面にあるものしか示すことができないのです」と賢者は答えたのだった。

足りないパーツ

妻との旅行中に、秘書からＦＡＸが送られてきた。

「キッチンのリフォームですが、ガラス製のブロックがひとつ不足しており、計画どおりにいかないと業者がいっています。奥様が考案なさった当初の図面と、業者からの代案をお送りしますので、比較のうえお返事ください」とメモが添えられている。

妻がデザインしたリフォーム案では、ガラス製のブロックパーツが調和を持ったラインに沿って並べられ、通気口へ続いている。一方、ブロックの不足を補うための業者の案では、ガラス製の四角いパーツが美学を無視してでたらめに配置され、まるでジグソーパズルのようだ。

「足りない分はもう1個、追加注文するようにいってください」と妻がＦＡＸを返す。

業者はいわれたとおりに注文し、こうして当初のプランどおりのデザインが守られたのだった。

このやりとりのあった午後、わたしは時間を費やして考えこんでしまった。**たったひとつパーツが足りないというそれだけの理由で、わたしたちの人生に関わる計画がゆがめられてしまうことがどれほど多いことか。**

落ちて、ひっくり返ったパン

「なにごとであれ失敗する可能性のあるものは、いずれ失敗する」というマーフィーの法則を、わたしたちの誰もが信じる傾向にあるようだ。

脚本家のジャン＝クロード・カリエールが、まさにそのことに関する、あるエピソードを書いている。

ひとり静かに朝食を食べている男がいた。手に持ったパンにバターをたっぷり塗りながら、男はパンを床に落としてしまった。

男は慌ててテーブルの下を覗き込む。バターを塗った面が上を向いていたことを発見したときの彼の驚きを想像できるだろうか！　目の前で、奇跡が起きたのだ。

男は興奮気味に、友人たちにそのパンの逸話を披露する。友人たちも驚いた顔をする。パンはいつだって、バターの面から床に落ち、床をギトギトにしてしまうものと相場が決まっているからだ。

「おまえ、もしかしたら聖者かもしれないぞ」と、ある友人がいう。「神のお告げだったのかも」

噂はすぐに村中に広まり、村人たちは奇跡について、ああだこうだと議論をはじめる。いったいぜんたい、なにをどうすればバターの面を上向きにしてパンが落ちるというのだろう？　理に適う説明のできる者などひとりもおらず、とどのつまり、村人たちは近隣に住む司祭のもとを訪ねると、その事件に対する意見を求めた。

一晩の祈りを捧げる時間が欲しいと司祭はいって、天からの啓示を待つ。朝がきて、また村人たちは司祭のもとへとやってきた。

「いやはや、じつに単純なことだったのだよ」と司祭はいう。

「なにが起きたかというとだな、パンは実際、あるべき形に落ちたのさ。ただし、これが肝心なところなのだが、バターが裏に塗られておったのさ」

聖女、バエペンジのニャ・チカ

「奇跡」とはなんだろう？

あらゆる種類の奇跡に対する定義とはなにか。自然の摂理に反する出来事、苦境を救う神のいたずら、それとも科学的にあり得ない現象……、ほかにもいろいろとありそうだ。

わたしにいわせれば、奇跡とは「魂を満たす平和」だ。病気の完治でも念願の達成でもなんでもいい。とにかく奇跡が起きたときには、わたしたちは神の与えし恵みへの深い畏敬の念を覚える。

あれはもう20年くらい［1970年代後半］昔、わたしがまだヒッピーだったころのことだ。「娘の名付け親になってほしい」と姉から頼まれた。感激だった。髪を切れとも洗礼の費用を出せともいわれず、それもまた嬉しかった（髪は腰まで長く一文無しだった）。

姉の娘が生まれて1年が過ぎたが、洗礼式がおこなわれる気配はなかった。姉の気が変わってしまったのかと思い、理由を聞きに行った。

「あなたはまだ名付け親よ。ただわたしはニャ・チカと約束したの。願いをかなえてもらったんだから、いずれバエペンジまで行って、彼女に洗礼をほどこしてもらおうと思うの」

バエペンジがどこなのかも知らず、ニャ・チカという名前も聞いたことがなかった。やがてわたしはヒッピーを卒業し、とあるレコード会社の役員として働くようになった。姉にはまた子どもが生まれた。それでもまだ洗礼はおこなわれなかった。

だが1978年、ついに彼女は決意を固めた。すでに離婚していた元夫の家族と姉の家族、その二家族で連れ立って、一路バエペンジ［ブラジルのミナスジェライス州］へ旅立った。ニャ・チカには財産と呼べるものなどなかったが、それでも教会を興してかれこれ30年にわたって生活苦の人々を助けてきたのだと、わたしはそこではじめて知った。

当時のわたしは、まさに人生の激動のときを過ごしており、もはや神を信じていなかったどころか、そのような霊的世界に意味を見出そうともしなくなっていた。大切なのは目の前の現実であり、そこでなにを成しとげるかだった。少年時代は作家をめざすなどという夢があったが、いまやそんなことさえ忘れ去り、夢の世界へ戻るつもりもなかった。

それでもバエペンジの教会まで同行したのは、ただ義務感からだった。

洗礼の儀式がはじまるのを待つあいだ近所を散歩しているうちに、教会の横に建つニャ・チカの質素な家を見つけた。部屋がふたつあり、小さな祭壇には聖人像が何体か飾られていて、花瓶には赤いバラが2本と白いバラが1本差してあった。

深く考えもせず衝動的にわたしは、そこである誓いを立てた。**いずれわたしが幼いころに夢見た作家になるようなことがあれば、50歳を迎えたときに2本の赤いバラと1本の白いバラを持ってまたここに戻ってこよう。**

洗礼の日の記念にしようと、ニャ・チカの写真を1枚買った。洗礼が終わり、リオへの帰り道、事故は起きた。目の前を走っていたバスが急ブレーキを踏んだのだ。ぎりぎりで、そのバスをすり抜けた。義兄の車もかろうじて無事だった。しかし、後続の車がバスに突っ込み炎上した。犠牲者が出て、数人の命が失われた。

なにがなんだかわからないまま路肩に車を停めた。ポケットから煙草を取り出そうとすると、祈りの言葉の記されたニャ・チカの写真がそこにあった。

わたしは事故をきっかけに、ふたたび夢の世界へ舞い戻った。精神世界の探求と小説家への道だ。また闘いの場に帰ってきたのだ。

あの奇跡に対する答えを出すためにも、平和に満ちた心で善なる戦いに身を捧げる。3本のバラのことは絶対に忘れなかった。当時はまだずっと先だと思っていたが、やがてついに50歳の誕生日を迎えた。

日々は目まぐるしく過ぎ去った。世間がワールドカップで盛り上がるなか、わたしは約束をはたすため、ひとりバエペンジをめざした。

途中で一泊したカクサンブの街で、わたしに気づいた人がいた。地元の記者からインタビューを受けた。わたしの旅の目的を知り、記者が驚いた顔をする。

「ニャ・チカだって？ 今週になって遺体が掘りおこされたところだ。いまごろバチカンで列福式の最中だろう。彼女とのエピソードを詳しく教えてほしい」

「ことわる」とわたしは答えた。「とても個人的なことなんだ。いずれ語るべきときが来れば、そのときには話すことになるだろう」

そういいながら自問する。「だがそれはいつになる？ きっと誰かの口を通じて、ニャ・チカが教えてくれるだろう」

翌日、花を買って車を走らせ、バエペンジにたどり着く。あの教会から少し離れたところに車を停めて、もう何年も前にこの地を訪れた、レコード会社勤めの男のことを思い出す。そして、わたしをふたたびこの地へと導くに至った出来事の数々に思いを馳せる。

ニャ・チカの家に入ろうとすると、若い女性に呼び止められた。

「あなたが書いた『マクトゥーブ』という本、ニャ・チカに捧げられていましたね。彼女もとても喜んだでしょうね」

女性はそれだけいうと、行ってしまった。だがこれこそがお告げなのだろうと感じた。

だから、この場を借りて、ニャ・チカ［フランシスカ・パウラ・デ・ヘスス。カトリック信徒としてはじめて列福された偉人。1810〜1895没］とのエピソードをお伝えした。

天使の書店

アメリカの出版業界が主催する会合で、ある中国人作家とわたしが講演をすることになっていた。本番を控えた彼女は、とても緊張しているようだった。

「ただ人前で話すのだって大変なのに、自分で書いた本について外国語で話さなきゃならないなんて想像できます？」

わたしは彼女にすこし黙っていてほしいと頼んだ。こちらだってまったく同じ問題を抱えているのだから、これ以上聞かされつづけたらわたしまでまいってしまいそうだった。

彼女はおもむろに振り向くと、穏やかな笑みを浮かべた。

「きっと大丈夫ですよ。心配ないわ。わたしの後ろに女の人がいるでしょ？　彼女が経営してる本屋さんの名前、ご存じかしら？」

その女性の名の書かれたプレートを横目で覗くと「天使の書店」とある。これはなにかの啓示だろうか。いっきに緊張感が解け、おかげでわたしたちはふたりともすばらしい気分で講演に臨むことができた。

ほどこしについて

妻とわたしは、リオデジャネイロのコパカバーナのコンスタンテ・ラモス通りの角で、その女性と出会った。60歳くらいだろうか。車椅子に乗った彼女は人混みのなか道を見失っていた。妻が彼女に声をかけると、彼女は妻の助けを受け入れ、サンタ＝クララ通りまで連れていってほしいといった。

車椅子の後ろには、ビニール袋が数個ぶらさがっていた。そのなかに持ち物のすべてが入っているのだと彼女はいった。夜には建物の通路に寝場所を求め、ほどこしを受けて暮らしていた。

目的地に到着した。そこには彼女のほかにも数人の物乞いが集まっていた。彼女はビニール袋から牛乳パックをふたつ取り出し、その場の人々に手わたした。

「人々からほどこしを受けたのだから、わたしだってみんなにほどこさなければならないの」と、彼女はいった。

家を建て直す

夢と現実を両立させられずに、深刻な財政難に陥ってしまった友人がいる。さらに悪いことには、巻き込まれて道連れとなってしまった人がいて、はからずもその人にまで大きな被害を与えてしまった。積みあがった借金を返すことができず、自殺まで考えたという。

そんなある日、道を歩いていると廃墟と化した1軒の家が目に飛び込んできたそうだ。

「あの家こそまさにいまの自分の姿だ」そう感じた瞬間、その廃屋を建て直したいという強い衝動に駆られたのだという。

家の所有者を突き止めて、修復作業を手伝いたいと申し出た。持ち主は事情をよく飲み込めないながらも、その提案を受け入れた。ふたりで瓦や材木、セメントなど必要な資材を集めた。自分でもいったいなんのために、誰のためにそのようなことを買って出たのかよくわからないながらも、とにかく真心を込めて作業に打ち込んだ。修復工事が進むにつれ、私生活に充実感を覚える瞬間が増えていったそうだ。

年末になって家が仕上がったときにはもう、彼の問題はすべて解決していたという。

妨害に立ち向かう

スペインのオリテという街の近くに、廃墟と化した城がある。その城を訪れたことがあるのだが、城の前まで行くと入り口にいた男性が「立ち入り禁止だ」とわたしを遮る。ただ「ノー」といいたいだけではないか、という印象を受けた。遠くからはるばるやって来たことを伝え、チップを払い、できるだけ丁寧に接したつもりだ。この城がすでに廃墟となっているのは知っていることも説明した。男性のせいで、この城に入ることがわたしにとって重要な問題に思えてきた。

「立ち入り禁止なんだ」と男はくりかえす。

こうなったら選択肢はひとつしかない。とにかく足を踏み入れ、それでもなお彼がわたしを阻止できるのか確かめるのだ。わたしは入り口にむかって突き進んだ。彼はわたしのことを見てはいるが、なにをどうするわけでもない。

城の見学を終えて出ようとすると、新たにふたりの観光客の姿があって、彼らも城へ入っていった。老人は、もう彼らのことを止めようとさえしない。わたしの抵抗が、老人の馬鹿げたルールに打ち勝ったのだ。

この世はときに、理不尽な戦いをわたしたちに強いる。

前進する勇気

マイアミの港で海を眺めながら、友人がいった。

「映画の世界に馴れすぎてしまい、現実の物語を忘れてしまう人々がいる。『十戒』は観ただろう？」

「もちろんだとも。チャールトン・ヘストン演じるモーセが杖を掲げると海が割れ、イスラエルの民がそこを渡って脱出する」

「だが聖書にはそう書かれてはいないんだ」と友人は続ける。

「神はモーセにまずこういうのさ。『イスラエルの民に進めと伝えよ』って。それからモーセに杖を掲げよと命じる。そして紅海が割れるんだ。**つまり道を出現させたのは、前進する勇気そのものだったというわけさ**」

悪魔の味方

「王様がこれほどまでに強いのは、悪魔と契約を結んだからさ」と、敬虔《けいけん》なことで知られる女性から聞かされた少年は、興味を掻き立てられた。

しばらくして、また別の土地を旅していた少年は、たまたま居合わせた男の言葉を耳にとめる。「この地を所有しているのはたったひとりの男さ。あの悪魔がすべてをにぎっているんだ」

またある夏のとある午後、美しい女性が少年の傍らを通り過ぎる。

「あの女、魔王の使いにちがいない！」と、聖職者が怒気をおびた声をあげる。

その日から少年は「悪魔」を探しはじめた。ついにひとりの悪魔と出会った彼は、悪魔にいう。

「人々は、あなたが力や富や美しさを与えるのだといっています」

「そんなことはないよ」と、悪魔は応じる。「ただ、そういう彼らのおかげで俺の株が上がっていくのさ」

悪魔のプール

オーストラリアのバビンダ村から遠くないところに、すばらしい天然のプールがある。眺めているとひとりのアボリジニーの青年がわたしのほうにやってきた。

「滑って落っこちないように気をつけて」と彼がいう。

プールの周囲は岩で囲まれており、歩くのに問題はなさそうに見える。

「ここは〝悪魔のプール〟って呼ばれてるんだよ」と、その青年は続ける。

「むかしむかし、バビンダの戦士に嫁いだ美しいアボリジニーの少女オーロナが、ほかの男と恋に落ちてしまったんだ。ふたりは山に逃げ込んだけど、ついに夫に見つかっちまった。恋人のほうは逃げおおせたけど、オーロナはちょうどここの池のなかで殺された。それ以来この池に近づく男がいると、恋人と勘違いしたオーロナが水中へと引きずり込んでしまうんだ」

その日遅くなってから小さなホテルに戻ったわたしは、悪魔のプールについて支配人に聞いてみた。

「迷信かもしれませんがね」と、彼はいう。

「でも過去10年間のうちに、あの池に落ちて亡くなった旅行者が11人いたというのは事実です。おまけにいずれも男性でしてね」

微笑みかけたふたり

わたしはかつて、セシリアという若い女性と結婚関係にあった。当時、情熱を感じないことはもうなにもしないと心に決めて、彼女とともにロンドンに移り住んだ。

パレス・ストリート沿いの小さなアパートの2階に住むことになったわたしたちは、現地の友人をつくるのに苦労していた。

ただし、毎晩のように隣のパブに立ち寄る若いカップルがアパートの窓の下を通り過ぎるときに、わたしたちに手を振って、降りてこいと誘ってくれた。わたしはといえば、そのことで近所の住人たちに迷惑がられているのではないかと心配していた。だから誘いに応じようともしないで、むしろ無関係を決めこんでいたのだ。

だがそのカップルは、わたしたちの姿が窓辺にないときでも道から声をかけてくるのだった。

ある夜、たまりかねたわたしは彼らに向けて、静かにしてくれと文句をいった。笑顔だった彼らは悲しそうな顔をして去っていった。あんなに友だちをつくりたいと思っていたのに、近所の人たちの目を気にするあまりその機会を逃してしまったのだと気づき、その夜は気がふさいだ。

もしまた彼らがあらわれたなら、そのときこそいっしょに飲もうと心に決めた。そして1週間、窓辺から彼らの姿を探した。

だが、いつもなら姿を見せる時間になっても、彼らはやってこなかった。パブに行けば彼らに会えるかと思って通ってみたが、彼らの姿はどこにも見えず、パブのオーナーに聞いてもなにもわからなかった。

「また声をかけて」と、窓にメッセージを貼ってみた。その結果、外を行く酔っ払いの罵声が昼も夜もなく浴びせられるようになり、ついには隣人たちが大家に苦情を訴えることになってしまった。当初案じていたことが起きたのだった。

あのカップルの姿を見ることは、もう二度となかった。

神様と眼鏡

オーストラリアのシドニー・ハーバーで潮風に吹かれながら、街の南北をつなぐあの美しい橋を眺めていた。するとあるオーストラリア人がやってきて、手にした新聞の広告記事を読んでくれという。

「字が小さすぎて読めないんだ」と、その男性は新聞を突き出した。

頼まれるまま読もうとしたが、手元に眼鏡がないことに気づいた。

わたしは彼に謝った。

「ならしょうがない」とその男。

「知ってるかい？　神様も老眼には苦しめられたって。老いてそうなったわけじゃない。そうなりたかったのさ。なぜかって？　どこかに悪人がいて悪さをするとするだろ？　そんなとき、よく見えなかったって言い訳できるじゃないか。つまり見て見ぬふりができるのさ。不正は不正、どこでだって起きてしまうものだからね。見てなきゃ加担したことにもならないってわけだ」

「じゃあ、誰かが善行をしたときは？」わたしはたずねた。
「そうくると思った」と、そのオーストラリア人は笑いながら立ち去る。「神様だぜ？
眼鏡を忘れるなんてありえないじゃないか！」

雲と砂漠と雨と楽園

「誰もが知るとおり、雲の寿命はとても短いものなのです」と書いたのはブルーノ・フェレロ［イタリアの作家］だ。今回はそのことに関する話をしよう。

地中海のまんなかで生まれた嵐雲は、育つ間もなく、そのままアフリカの方角へと押し流されてしまった。

やがて雲が大陸に到達すると、それまでとはまったく異なる環境が待ち受けていた。空には照り付ける太陽、そしてその下には黄金色のサハラ砂漠がどこまでも広がっている。砂漠には雨など降らず、風が雲を南の森へと押しやっていった。

そんななか、親雲からちぎれたある若い雲が、まるで人間の若者のように世界を見ようと旅立った。

「なにをしているんだ？」と、風が呼びかけた。「ここは砂漠、どこまで行ってもなにも変わらない。はやくほかの雲と合流し、わたしたちとともに中央アフリカをめざそう。そこにはすばらしい山々と木々とがあるのだから！」

しかし若い雲は生まれ持った反抗心でその誘いを断ると、黄金色の砂漠の上をのんびりと吹く風を見つけて、その流れに身を委ねた。あっちへ流れ、こっちへ流れているうちに、彼に向かって微笑みかける砂漠を見つけた。


雲と同じく、吹き去った風によって生まれたばかりのまだまだ若い砂漠だった。その黄金色の髪に、雲はたちまち恋に落ちた。

「おはよう」と雲はいう。「そちらのようすはどう？」

「ほかの砂漠も仲間もいるし、それから太陽と風もいる。ときどき通り過ぎるキャラバン隊もいるわ。とても暑くなる日もあるけど、我慢できないほどじゃない。空の上はどう？」

「こっちにも太陽も風もいる。空を旅していろいろなものをながめることができるのがいいところだね」

「わたしにとっては」砂漠は応じる。「この人生は長くない。森から風が帰ってきたら、わたしは消えてしまうでしょう」

「悲しい？」

「生き甲斐がないような気がするわ」

「ぼくだって同じだよ。また風が吹きつけてきたら、南に流され雨になる。でもそれがぼくの運命なんだ」

砂漠は一瞬ためらったのち、たずねる。

「砂漠では、雨のことを〝楽園〟と呼ぶのを知っている？」

「自分にそんな重要な役目があったなんて、ちっとも知らなかったよ」と、雲は誇らしげにいった。

「年上の砂漠たちが、雨について話を聞かせてくれたことがある。雨が降れば、わたしたちは草木に覆われるんだって。でも砂漠に雨が降ることなんてめったにないし、わたしはまだ知らない」

今度は雲がためらったのち、大きな笑い声をあげた。

「もしよかったら、いまから雨を降らせてみようか。ここに来たばかりだけど、きみを好きになってしまったみたいだ。ずっとここにいたいんだ」

「空に浮かんだあなたのことをはじめて見たとき、わたしもあなたが好きになったの」と砂漠も答えた。「でもそのすてきな白い髪を、雨に変えたら死んでしまうわ」

「愛が死ぬことなんてない。ぼくはただ形を変えるだけだ。それに、楽園がどんなものかをきみに見せたいんだ」

雲はそういうと、小さな雨粒で砂漠をやさしくなでた。これで虹が現れるまで、ふたりはいっしょにいられるのだ。

翌日、小さな砂漠は花で覆われていた。森をめざして飛んできたほかの雲がそれを目にすると、ここが探していた森の一部にちがいないと、さらに多くの雨を降らせた。

20年が過ぎたとき、砂漠は旅人たちの疲れを癒やすオアシスへと変貌していた。

なにもかもすべてはあの日、恋に落ちたあの雲が、命を捧げることを怖れなかったから。

自分の心に従って動く

話をしてみたい相手と出会うが、その勇気が出ずに機会を逃す。すくなくとも週に一度くらいはそんなことがあるのではないだろうか。

数日前、わたしは1通の手紙を受け取った。差出人の名は、ここではアントニオと呼ぶことにする。彼の遭遇した出来事をざっと紹介したい。

スペインのマドリード中心部にある大通り、グランビア沿いの道を歩いていたとき、小柄で色白の、身なりの整った女性が物乞いをしているのを見かけた。

わたしが近づくと、サンドウィッチを買う小銭が欲しいという。ブラジルでは物乞いは汚れたボロを纏《まと》っていると相場が決まっているので、わたしは彼女を気にとめることなくそのまま歩き去ったのだった。だが彼女の視線からはなにか不思議なものを感じた。

ホテルに戻ったわたしは突然、あの場に戻って彼女にお金を渡さなければという、やや不可解な衝動に駆られた。

わたしは休暇を楽しんでいる最中で、昼食を終えたばかり。ポケットにはいくらかのお金が入っている。あのように道端で物乞いをしては人々から嫌な目を向けられることは、ひどく屈辱的なことでないかと思ったのだった。

彼女を見かけたあたりに戻ってみたが、もう姿はなかった。近くの通りを覗いてもみたが、彼女の痕跡らしきものは見当たらない。翌日も同じことをくりかえしたが、結果は変わらなかった。

その日から、なんだか寝つきが悪くなった。

ブラジルに帰国したあと、ある友人にその話をして聞かせた。なにか重大な縁をやりすごしてしまった可能性があるのではないかと友人はいって、神様の助言に耳を貸すようにとアドバイスをくれた。

素直に祈りを捧げると、その物乞いの女性を見つけ出さなければならないという声が聞こえた気がした。わたしは夜な夜な泣きながら目覚めるようになった。このままではいけないと思い、金をかき集め、物乞いの女性を探すためにマドリード行きの航空券を買った。

全力を尽くし無謀な捜索をはじめたが、ただ時間が過ぎ去るばかりで、やがて資金も心細くなった。帰国便をキャンセルするため、旅行代理店に出向いた。あの日、小銭をほどこしそびれた彼女を探し出すまで、ブラジルに帰らない決心を固めたのだ。

旅行代理店から出ようとして段差につまずき、よろよろと人にぶつかってしまった。なんと、探していた彼女だった。

考えるともなくポケットのなかのお金をすべて取り出し、彼女に差し出した。安寧がわたしを包みこんだ。２度目のチャンスとなるこの再会を導いてくださった神に感謝した。

その後も何度かスペインを訪れたものの、もうふたたび彼女と出会うことはないだろうという直感があった。**あのときのわたしは、ただ自分の内なる声に従ったのだ。**

サンディエゴ港でカモメにさわる

ある女性と話をした。彼女は自然との調和を重んじる女性たちの集まり「月の教え」のメンバーだ。

「カモメにさわってみたくないですか？」と、防波堤の鳥を眺めていた彼女がいった。もちろんだ、とわたしは思う。過去に何度か触れようと試みたこともあるが、近づこうとすると飛び去ってしまう。

「カモメへの愛を感じて。そしてその愛を一筋の光線に変えて胸から放ち、カモメの胸にあててみて。それからそっと近づいて」

彼女の言葉に従った。最初の2回はうまくいかなかった。だが3度目。まるで一種のトランス状態が生じたかのように、わたしの手がカモメに触れた。あらためて試してみたが、またトランス状態に入ることができ、今度もうまくいった。

「不可能に見えることでも、愛が橋をわたしてくれる」彼女は、わたしに向かってそういった。試してみたいという方のために、経験談を記しておく。

戦時下のリンゴ

映画監督のルイ・ゲーラから聞いた話だ。

ある夜、モザンビークの奥地の家で友人たちと過ごしていた。戦時下で、ガソリンも電気も不足していた。時間をやり過ごすため、食べたいものについて語り合った。一同それぞれが、自分の好きな食べ物について話した。

ルイの番がまわってきた。この状況下では果物など手に入らないと知りながら、彼は「リンゴが食べたい」といった。

まさにそのとき物音とともに、つやのあるリンゴがひとつ転がってきて、彼の目の前でぴたりと止まった！

居合わせた女性のひとりが闇市で買ってきたものであったことが、まもなく判明した。階段でつまずいて転んだ彼女がリンゴの入った袋を落とし、それが部屋まで転がりこんだのだった。

たんなる偶然？　そんな陳腐な言葉で説明のつく話ではない。

神の徴《しるし》

知人のイザベリータから聞いた話だ。

毎晩、熱心に祈る、年老いた非識字者のアラブ人がいた。雇い主であるキャラバンの首領が彼にたずねた。

「なぜ、おまえはそのように熱心に祈るのだ？　書かれたものも読めないのに、どうやって神の存在にたどり着いた？」

「わかるのです。司教たちの書かれてきたあらゆることが」

「だが、どうして？」

謙虚な男が説明する。

「遠く離れた誰かから手紙をもらったとします。差出人の名がなかったとして、あなたはいかに、その書き手が誰であるかを知るのでしょうか？」

「筆跡かな」

「宝石飾りを受け取った際、そのつくり手をどうやって見極めましょう?」

「刻印で」

「夜眠るテントの付近に動物の物音を聞いたとき、それが羊なのか馬なのか、それとも牛であるのか、どのように見極めることができるのでしょう?」

「足跡で」と、くりだされる質問にとまどいながらも雇い主は答えた。

老人は彼を表に連れ出し、空を見せた。

「空にはなにも書かれておらず、砂漠の砂にもなにもない。あらゆることが、人の手によって記されているにすぎないのです」

人間のおかしさ

我が友ジェイミー・コーエンが受けた質問。「人間の性質で、もっともおもしろいのはなんでしょう?」

コーエンは答える。

「〝自己矛盾〟ですね。背伸びして駆け足で大人になろうとするくせに、いざそうなったら子ども時代に戻りたくてしかたがない。心身を病んでまで働いて稼いだ金を、治療のためにすべて費やす。将来のことばかり考えていまこのときを大切にせず、結果として現在も未来も思うようにならない。**まるで死ぬことなど考えずに生き、生きなかったかのように死んでしまいます**」

自己欺瞞

他人に対して不当な評価を下したり、自分の失敗から逆風が吹けばまず言い訳を考えたり、自分の犯した過ちを他人のせいにして責めたり、このような性質もまたわたしたちの「本性」といえるものだ。そのことをよく表している話をしよう。

緊急事態が発生し、遠くの街まで使者が送られることになった。

伝令は馬の背に鞍をかけ、走らせた。いつもなら餌《えさ》の補給に立ち寄る宿場に差しかかったが、止まらずそのまま通り過ぎた。

馬は考えた。「食事のために厩舎《きゅうしゃ》に寄らないということは、わたしは馬としてではなく、むしろ人間のように扱われているにちがいない。つまりこの先の大きな町で、人間と同じように食事にありつくことになるのだろう」

だが大きな町をいくつ通り過ぎても、伝令は馬を休ませることなく走らせた。

馬は考えた。「もしかしたら、わたしは人間ではなく、天使のように扱われているのかもしれない。天使であれば食事も不要なのだから」

ようやく目的地にたどり着いて厩舎に通された馬は、山とつまれた干し草を貪り食った。

「それにしてもどうして自分の思いどおりにならなかったからといって、物事自体が変わったのだと思いこんでしまったんだろう？　わたしは天使でもなく、人間でもなく、ただの腹ペコ馬だったのに」

一片の炭

以前は日曜日になればかならず教会に出かけ、礼拝を欠かすことのなかったファンだが、神父のくりかえす説教に飽き、いつしか通うのをやめてしまった。そうして2か月が過ぎたころ、神父が彼のもとを訪ねてきた。

「また教会へ通うようにと、説得に来たにちがいない」とファンは身構えた。

教会から足が遠のいたのは、神父の説教がつまらなくなったからではない。なにかほかに〝真の理由〟があることを心のどこかで感じていた。

なにか言い訳を見つけなければと考えた彼は、暖炉のそばに2脚の椅子を並べると、時間稼ぎとばかりに天気の話題を切り出した。

神父は沈黙したままだった。あれこれ話題を変えて、無意味な時間を過ごしたのち、ファンもついに観念した。それからふたりは黙ったままで、ただ燃える火を小一時間も見つめていた。

やがて神父はおもむろに立ち上がると、燃え残った薪のひとつを手に取って、焚き火のなかから炭の欠片《かけら》を搔き出した。

炭には燃え尽きるほどの熱はなく、じきに黒く鎮まった。ファンは慌ててその炭をまた火のなかへ押し戻した。

「それでは、おやすみ」と神父はいうと、帰り支度をはじめた。

「おやすみなさい。そして、ありがとうございます」とファンも夜のあいさつを返す。

「たとえ明るく燃えている炭でさえ、火から離せば消えてしまう。いかに賢い人であってもその温かさや情熱は人の輪から離れてしまえば、やがて冷めてしまうだろう。

では、また日曜日に教会で」

愛をもって見てみれば

昼食会で、カトリックの神父とイスラム教徒の若者と同席になった。料理が運ばれてきて、おのおの食べはじめたが、イスラム教徒の若者はコーランで決められた年に1度の断食だといって、なにも口にしようとはしなかった。

昼食会が終わり、人々が帰り支度をするなかで、同席者のひとりがたまりかねたようにいった。「イスラム教徒がどれほど狂信的だか見たでしょう！　カトリックのみなさんは彼らとはちがいますから、わたしはそれが嬉しいですよ」

「いや、わたしたちだっておんなじですよ」と神父が口をはさむ。「彼もまた、わたしと同じように神に仕えようとしているにすぎません。従う法が異なるだけです」

そう語ったのち、神父は次のように締めくくった。

「ちがいだけに目を向けて分断されてしまうのは残念なことです。**愛をもって見てみれば、共通点の多さに気づくはずです。それだけで、今日の世界が抱える問題の半分は解決するでしょうね**」

雑草と呼ぶ植物について

わたしはいくつものファスナーがついた、丈夫な緑色の生地でできた不思議なデザインの服を着ている。切り傷やすり傷の予防のために手袋をはめ、自分の背丈と同じくらいの長い槍のようなものを手にして。金属製の槍の一端はフォークのような三つ又で、もう一方の先は鋭くとがり光っている。

目の前で攻撃を待ち受けているのは、庭。

槍を持ったわたしは、庭に生い茂る雑草に向かう。時間をかけて雑草と戦うのだ。掘りかえされた雑草は、二日もすれば干からびてしまうだろう。

ふと、わたしは自らに問いかける。これははたして正しいことなのだろうか？

わたしたちが「雑草」と呼ぶこれらの植物もまた自然によって生み出され、何百万年もかけて進化を遂げてきたものだ。

花が咲けば昆虫たちが受粉を手伝い、種がつくられる。風がその種をあたりの野原へと吹き飛ばし、ひとところにとどまることなく、どこまでも広がっていく。広がっていくからこそまた次の春を迎えることができるのだ。特定の場所にいつづけようとすれば、ほかの生物の餌となって食べられてしまう。あるいは火事や干ばつ、洪水の被害を受けて根絶やしとなるかもしれない。

それなのに、そういう生存のための努力の結果を、この無慈悲な槍の先が地面から奪い去っていく。

わたしはいったいなんのために、このようなことをしているのだろうか?

誰がこの庭をつくったのだろう。見当もつかない。山々と木々に囲まれたこの家をわたしが買ったとき、庭はすでに調和とともに存在していた。

この庭をつくった誰かは、注意深く考えた末に、計画的に、そして慎重に植樹をおこなったにちがいない（たとえば薪を貯蔵する小屋を隠すあの並木道がそうだ）。そして数えきれないほどの冬と春とを迎えながら、面倒を見てきたはずだ。

この古びた山荘を手に入れたとき、芝生は手入れが完全に行き届いた状態だった。以来、わたしは1年の数か月をこの土地で過ごすようになった。

庭の手入れを続けるかどうかはわたし次第なのだが、哲学的な問いはずっと残されたままだ。この庭をつくりあげた誰かの意志を継ぐべきか、それとも、自然が生み出したこれらの植物の命をそのまま尊重すべきだろうか?

根を掘り返しながら、やがて焚き火となって燃やされる雑草の山を積み上げていく。なにもかもじつはただの営みでしかなく、考えてもしかたのないことにわたしは頭を使いすぎているのかもしれない。

だが、人間の行為とはすべてが神聖なものであり、結果をともなうものでもある。そんなわけで、わたしの考えはいよいよ止まらなくなってしまう。

これらの植物は、自らの思いのままに繁殖する権利をもっている。だからといってそのままにしておけば庭の草花は浸食され、絶滅してしまうことだろう。

新約聖書の一節に、麦と毒麦との区別についてイエスが語るくだりがある。

答えを聖書に求めようと求めまいと、人類がつねに直面してきた問題が、わたしにもまたつきつけられている。自然に対する干渉はどこまで許されるのだろうか? 干渉はいつでも否定されるべきなのだろうか、それともときには肯定できる結果を導くこともあるのだろうか?

わたしは手にした——農具とも呼ばれる——武器を脇に置き、考えをめぐらせる。次に繰り出す一撃がまた、春の訪れとともに咲くはずだった花に死をもたらすことになるのだ。

自分の土地を思いどおりにつくりかえようとするのは、人間の傲慢ではないのか。

わたしはさらに自分の考えを掘り下げようとした。なぜなら、いまこの瞬間、わたしの力が、雑草の生死を分けるからだ。「雑草を抜いてくれなきゃ死んじゃうよ」庭の芝生の声が聞こえる。同時に「はるばる遠く、やっとこの土地にたどり着いたのに、どうしてぼくたちを殺そうとするの？」という雑草の声もする。

ヒンドゥー教の聖典「バガバッド・ギーター」に助けを求めれば、戦士アルジュナに向けて放たれたクリシュナの言葉がよみがえる。

決戦を目前にして、武器を手放したアルジュナは、兄弟を死に至らしめるこの闘いに挑むことがはたして正しいことなのか、としりごみをする。そのアルジュナに対し、クリシュナはいう。「**おまえは自らの意志で何者かの命を奪うことができるなどと考えているのか？**　おまえのその手は、わたしの手であり、おまえがしようとすることはすでにそうなるように決まっていることなのだ。誰も殺すことなく、誰が殺されることもない」

その言葉に背中を押され、わたしはふたたび槍を手に取る。

そして、招かれざる庭の雑草に槍を突き立て、この朝の教訓とする。自らの魂に望まないものが芽生えたとしたら、それを取り払う勇気を手にするために、わたしは神に赦しを求めよう。

横たわる男

1997年7月1日、午後1時5分過ぎ、推定年齢50歳の男性が、ブラジルはリオデジャネイロのコパカバーナの海辺に横たわっていた。わたしは目の端でその男を見はしたが立ち止まることはせず、そのままいつもの屋台へココナッツウォーターを買いに向かった。

リオデジャネイロで暮らしていれば、そのような男、もしくは女、さもなくば子どもの横を、何百回も、いや数千回だって通り過ぎることになる。世界を広く旅してきたが、裕福なスウェーデンでも貧しいルーマニアでも、どの国でも、同じような光景を目にしてきた。

凍てつく冬のマドリッドやパリ、ニューヨークにでさえ、地面にそのまま身を横たえている人々がいる。地下鉄の駅の周りには駅の排気口から流れ出す温風で暖を取ろうとする人々の姿がある。

灼熱の太陽が照りつけるレバノンでも、長く続いた戦争によって破壊された建物の瓦礫のすきまに身を横たえる人々がいる。酔っ払いだったり、ホームレスだったり、ただ力尽きてしまった人もいるだろうが、地面に寝転がる人々の姿はもはや誰にとっても驚くようなものではないだろう。

わたしはココナッツウォーターで喉をうるおす。スペインからジャーナリストのファン・アリアスが来て『エル・パイス』紙のインタビューを受けることになっている。つまり急いで帰宅しなければならない。

帰り道、まだあの男性があのままの姿勢で直射日光を浴びながら倒れていた。道行く人々はさっきのわたしと同様に、気にもとめずに通り過ぎていく。脇目でちらっと見るだけで、そのまま先を急ぐのだ。

自覚はなかったのだが、このような光景を何度もくりかえし目にすることに、わたしの魂はもう持ち堪えられないほどうんざりしていたのだと思う。なにか大きな力が働いたのか、**気づくとわたしは、その男を抱え上げようとしていた。**

男は反応を示さない。男を仰向けにしようとして、その頭部に血がついていることに気づいた。なにごとだ？　致命傷ではないのか？　着ていたTシャツで男の頭部を拭うと、出血は大した量ではなさそうだった。

意識が戻ったのか、「誰かやつらを止めてくれ」とかなんとか聞き取りにくい言葉をつぶやきはじめた。とにかく生きていたのだ。日陰に移して、警察を呼ばなければ。

最初に通りかかった男性を呼び止め、手助けを頼んだ。負傷した男を沿岸の日陰まで運ぶのだ。スーツ姿の通行人は、手にブリーフケースやら紙袋やらを下げていたが、道端に置いて協力してくれた。彼の魂もまた、このような状況がくりかえされることに、くたびれていたのだろう。

負傷した男性を日陰に移してから、わたしは自宅へと急いだ。道中に軍警察があるから助けを求められるはずだ。そう考えていたところ、ふたり連れの警官と出くわした。

「殴られて負傷した男性が、○○番地の向かいで救助を待っている」と状況を伝える。

「砂浜の日陰のところに寝かせてある。救急車を手配してもらえないだろうか」

警官たちは、しかるべき対応を引き受けてくれた。よし、これでわたしの任務は完了だ。わたしのなかのボーイスカウトはいつでも出動準備オーケーなのだ。本日の善行である。問題はこれでわたしの手を離れた。もういつスペイン人記者が我が家に到着してもおかしくない時間だ。

そこから10歩も行かないうち、誰かに呼び止められた。たどたどしいポルトガル語で話しかけてくる。

「わたしも警察にあの人のことを伝えたのですよ。しかし、窃盗などと無関係なら警察の出番ではないといわれて」

その人の言葉が終わらぬうちに、わたしは先程のふたり連れの警官がいた場所に舞いもどる。そして自分がしばしば新聞などに寄稿し、テレビで話をすることもあるということを彼らに伝える。わたしのことを知っているかもしれないと考えたのだ。このようなはったりが効いて物事が解決に導かれることも、たまにはある。

「政府関係者の方ですか?」

先程より強硬に救助を求めるわたしに対し、片方の警官がいぶかしげにたずねた。わたしのことなど知る由もなかったようだ。

「いやちがう。だがいますぐ救助を呼ぶんだ」

そういうわたしは、汗びっしょりなうえ血に汚れたTシャツに古いカットオフジーンズのバミューダパンツという姿だ。

どこの誰かもわからなければ権威も威厳もなく、ただそこらへんの男たちとなんら変わらない。これまで幾度となくあちこちの地面に転がる人々を目にしてきたが手を差し伸べたことなどなく、そんな自分にうんざりしているだけの無力な男だ。


だが、事態は一変した。ずっと囚《とら》われてきた心理的抑制や恐怖心から突如として解放される瞬間があるのだ。目の色が変わり、真剣さがそのまま相手に伝わる。警官たちはわたしのいうとおりに救急隊を電話で呼んだ。

そこから自宅にたどり着くまで、たったいま得たばかりの3つの教訓を反芻《はんすう》した。

（a）人は「空想」状態にあるあいだは、行動を放棄することができる。（b）「始めたからには最後までやり遂げろ」という声を無視しない。そして、（c）圧倒的確信をもって行動すれば決定権はおのずと付いてくるものなのだ。

エデンの園のイヴと蛇

モロッコから来客があり、「砂漠の民の考える原罪」について、興味深い話を聞かせてくれた。


エデンの園を歩くイヴのもとに、蛇がしのびよる。

「このリンゴを食べるがいい」と、蛇はいう。

神の教えを受けていているイヴは、それを断る。

「このリンゴを食べるがいい」と、蛇はふたたび誘いかける。「あの青年のためにも、より美しくなるべきだろう」

「いいえ」と、イヴは答える。「彼には、わたしのほかに女性はいません」

蛇が笑う。

「そんなわけはない」

イヴが信じようとしないので、蛇は彼女を丘のうえの井戸へと連れていく。

「その女性なら、この洞穴《ほらあな》の奥にいる。アダムが彼女をそこに隠したのさ」

身を乗り出したイヴの目に、井戸の底にいる美しい女性の姿が映る。その姿を目にするやいなや、蛇の差し出すリンゴを食べたのだった。

その部族の言い伝えによると、水に映った自分の姿を怖れぬ者には、楽園への帰還が約束されているという。

ともに歌おう

ギターを抱えたその女性は、「ともに歌おう」という手書きのメッセージを足元に置き、リオデジャネイロのアトランティカ通りの歩行者天国に立っていた。

彼女がギターを奏でると、酔っ払いがひとり、そして老女がひとりやってきて彼女とともに歌いはじめた。やがて歌をうたう小さな一群が生まれ、さらにそのまわりには曲が終わるごとに拍手を送る人々の輪ができた。

「これはいったいなんの活動なの？」と、曲のあいだにわたしは彼女にたずねた。

「ひとりっきりにならないようにね」と彼女は答えた。「わたしの人生はとっても孤独なの。多くの老人たちと同じようにね」

誰もがこのように手を取りあって問題を解決してくれればいいのだが。

IV

希望だけは捨て去るわけにはいかない

ピレネーの山荘にて

いまのわたしの生活は、趣のちがう3つの楽章でできた交響曲（シンフォニー）のようなものだ。

第1楽章は「おおぜいの人に囲まれ」、第2楽章は「身近な人たちとだけ」、そして第3楽章は「人々のもとを離れて」といったところだろう。

それぞれの楽章がだいたい4か月続き、合わせてちょうど1年になる。各楽章のあいだには3種類のテーマが入り交じる期間がひと月ほど入るが、だからといって混乱が起きるほどではない。

第1楽章では編集者やジャーナリストといった人たちが、わたしの生活に登場する。第2楽章の舞台はブラジルだ。昔からの友人たちとコパカバーナのビーチを歩き、たまには社交の場にも顔を出すものの、たいていは自宅で穏やかに過ごしている。

ここでは第3楽章「人々のもとを離れて」について、少しくわしく話してみたい。

いままさに、ピレネー地方の人口２００人の村に夜が訪れようとしている。村の名前や場所はここでは明かさないが、少しばかり前、わたしはこの集落で見つけた古民家を手に入れた。毎日、鶏の声が朝の訪れを告げてくれる。

わたしは朝食をとってから、トウモロコシと麦の畑に囲まれた村道へと散歩に出かける。牛や羊がのんびりと牧草を食んでいる。遠くそびえる山々をながめながら、第1楽章のなかにいるときとは違って「自分はいったい何者なのだろう」などとはまったく考えることもない。問いかけるべきこともなければ、求めなければならない答えもない。

毎日忙しくしているとつい見過ごしてしまいがちな四季の移ろいのなかで、この平穏な土地に自分自身が溶け込んでいくのをただ感じている。

そういう時間には、近くに暮らしている人たちについてだけでなく、イラクやアフガニスタンでいまなにが起きているのかを意識することもあまりない。

最大の関心事は今日の天気だ。小さな村に暮らしている人たちは、いつ雨が降るのか、いつ気温が下がるのか、またいつ風が吹くのかをよく知っている。自分たちの生活にかかわる農地や作物に直接影響があるからだ。

麦畑で精を出す農夫の姿が見えた。わたしたちはお互いに「おはよう」とあいさつを交わし、その日の天気について話をする。そしてまた、それぞれの作業に戻っていく。彼は畑を耕し、わたしは長い散歩を続ける。

散歩を終えて帰宅したわたしは、郵便ポストを確認する。そこには地元の新聞が入っている。

隣の村でのお祭りや、タルブという町のバーでおこなわれた講演会のようすなどの記事が目についた。4万人の人口を誇るタルブはこの村からもっとも近い大都市なのだが、昨夜はゴミ捨て場で火事があり、消防隊が出動したらしい。

この付近の最大の関心事は、最近オートバイの死亡事故の原因となった街路樹を伐採するかどうかだ。このニュースが一面をまるまる使って議論されていて、また死亡事故を理由に街路樹伐採を企てている〝活動家〟たちを糾弾する動きについても紙面が割かれ、解説されている。


わたしは自分の山荘の横を流れる小川のほとりに寝転がる。そしてこの夏、フランス国内だけで5千人の死者を出している猛暑について想いながら、雲ひとつない朝の青空を見上げる。

日課となっている弓道の稽古をするために起き上がり、1時間かけて精神を鍛える。そうこうするうちに昼食の時間になる。

簡単な食事をすませると、モニターとキーボードのついた奇妙な、そして驚くべき機械が置かれた古民家の一室のドアを開ける。目の前にあるコンピューターの電源を入れれば、たちどころに世界とつながる。

わたしはできるだけ抵抗しようとするのだが、結局はそのスイッチを押し、世界と接続される。ブラジルの新聞、ポルトガル語で書かれた本、インタビュー記事などが次々と画面に現れる。イラクやアフガニスタンに関するニュース、それに仕事の依頼も表示される。予約していた航空券が発行され、明日には送られてくるようだ。保留にしていた件、結論を返さなければならない件が、目の前に立ち現れる。

わたしは数時間そこにとどまり、仕事をする。それが自分で選択したことであり、自分がすべきことであり、光の戦士としての義務と責任だからだ。

でも、この第3楽章、「人々のもとを離れて」では、コンピューターの向こう側の世界ははるか遠く感じられる。ほかの楽章のなかで、このピレネーの山荘がまるで別世界のように思えるのと同じように。

いったいどうすればかくも異なるふたつの現実に、同時に存在できるのだろう?

答えは見つからないが、それでもこうしてなにかを書きつづけることは、喜びをもたらしてくれる。

わたしはそれを知っている。

パンドラの箱

ある朝目覚めると、わたしのもとには3つの知らせが、それぞれ異なる大陸から届いている。

ジャーナリストのラウロ・ジャルディムからは、わたしの略歴について確認を求めるEメールが届き、そこに最近のリオデジャネイロのスラム街のようすが書き添えられている。フランスにいる妻から電話が入る。友人夫妻をブラジルに案内して帰ってきたところだそうだが、どうやらブラジルで怖い思いをさせてしまい、つらい旅となったようだ。

先日取材を受けたロシアのテレビ局からは、ブラジルにおいて1980年から2000年のあいだに500万件以上の殺人があったというのは本当かと質問が届いている。

そんなわけないじゃないか、とわたしは答える。

ところが彼はブラジルの政府機関の統計データを示してくる（ブラジル地理統計資料院のものだ）。

言葉を失う。我が母国における暴力の数々が海を越え、山を越え、はるか離れたこの中央アジアの山奥にまで伝えられてくる。わたしにどうしろというのだ?

　言葉を発するだけでは不十分だ。ウィリアム・ブレイクがいうように、行動の伴わない言葉はつまり「疫病を生む」に過ぎない。

　わたしだって自分の役割を果たそうとしてきた。イザベラ・マルタローリ、ヨランダ・マルタローリという英雄的なふたりに協力し、パヴァオ・パヴァオジーニョ近郊に生まれた貧しい360人の子どもたちに教育をほどこすための施設をつくって愛情を注いできた。

　何千ものブラジルの人々が、わたしなどよりもさらに大きな取り組みをしていることも知っている。公的な支援も民間の支援も頼りにならず、ただ黙々とできることをして絶望に立ち向かおうとしている。

　みんなが「自分の果たすべき役目」を果たしさえすれば、物事は好転するはずだと考えてきた。だがいまこうして中国の奥地で凍てつく山々を眺めながら、少しばかりの疑念を覚えている。

　誰もが為すべきことを為したところで、物事の根底は変わらないのではないだろうか。「大きな流れに抗うことはできない」という子ども時代に聞いた言葉は、もしかしたら真実を伝えていたのではないか。

　わたしはふたたび月明かりに照らし出された山々を眺める。**「人は無力だ」というのは、**

はたして真実なのだろうか？

わたしだってほかのブラジル人と同じように、母国の状況はいずれかならずよくなるはずだと信じ、悩みながら闘ってきた。だが誰が大統領を務めようと、どの政党が与党になろうと、経済政策がどうであろうと、あるいはそれらすべてのものが不在であろうとなかろうと、年を経るごとに問題はより複雑化するいっぽうに見える。

わたしは世界のあらゆる場所で、「暴力」を目の当たりにしてきた。

悲惨な戦争直後のレバノンで廃墟と化したベイルートの街を友人のスーラ・サアドと歩いていたときのことだ。この街が破壊されるのは7度目なのだと彼女はいった。

再建にこだわらずほかの土地へ移ってもいいんじゃないかと、わたしは冗談めかしてたずねた。

「ここがわたしたちの街なの」と彼女は答えた。「祖先の眠る土地に対する敬意を失えば、その人に残るのは呪いだけよ」

祖国を敬えない人間は、自分のことも敬うことができない。ギリシャ古典の創造神話の一節を思い出す。

プロメテウスが天界から盗み出した火を人類に与えたことに激怒したゼウスは、プロメテウスの弟であるエピメテウスに、パンドラをけしかけ結婚させる。

パンドラには開けることの禁じられた箱が授けられていたが、キリスト教神話におけるイヴと同じくパンドラもまた好奇心に負け、その蓋を開けてしまう。

そうして箱から飛び出たさまざまな災いが人間界に広まった。

箱に残ったのはただひとつ、「希望」だけだったという。

つまりどんな矛盾があろうとも、悲しみや無力感にやられようとも、物事の根底は変わらないのだと思わされるこの瞬間においても、「希望」だけは捨て去るわけにはいかないのだ。

希望を抱かせるなど詐欺のようなものだとうそぶく、えせインテリもいる。実行する気などさらさらないくせに耳触りのよい政策をただ打ち出すばかりの政治によって貶められ、人々の胸をさらに深く傷つけるだけの希望。朝の訪れとともに芽生え、日が昇りやがて傾くにつれて損なわれ、夜にはすっかりしぼんでしまうが、それでも翌朝にはまた新たに芽生える希望。

確かに**「大きな流れに抗うことはできない」ということもできるだろうが、同時に「命あるかぎり希望はある（命あっての物種）」ということわざだってあるではないか。**

中国の国境近く、雪に覆われた山々を見わたしながら、わたしはまたそう思いなおす。

学歴の価値とは

フランスのはずれのとある小さな村に、わたしの暮らす古民家がある。隣り合う農家との境は、一列に植えられた並木で隔てられている。

このあいだ、その農家の隣人がわたしのところを訪ねてきた。70歳くらいだろうか。同じく年老いた妻とともに畑仕事をしているのをときどき目にするが、そろそろ引退を考える頃合いかもしれない。

とても気のいい人物なのだが、最近わたしの庭の木の葉があちらの屋根に落ちるようになったので、その木をどうにかしてくれという。

わたしは少なからずショックを受ける。生涯を通じて自然とともに歩んできた男が、長い歳月を経てやっと育った木を根元から切ってしまえといっている。放っておけば10年のうちに屋根を駄目にしてしまうかもしれないという、ただそれだけの不安で。

わたしは彼を招き入れ、コーヒーをすすめる。もし落ち葉のせいで屋根が傷むようなことがあれば――どうせ落ち葉はいつだって風に吹かれて、どこかへ飛んでいってしまうのだが――その責任はわたしが取るし、屋根をなおす必要がでてくれば、費用はわたしに任せてほしいと伝える。

でも彼はわたしの提案には応じようとしない。とにかくうちの木々が邪魔だという、その一点張りだ。わたしもやや気分を損ね、木を切ってしまうくらいなら、お宅を丸ごと買い取ってもいいのだと、つい言葉任せに口にする。

「うちを売りに出す気はないんだ」と隣人。

「厳しい寒さや不作の心配なんてしなくても、楽に暮らせるすてきな家を、もっと便利なところに買うことだってできるくらいは払いますよ」

「この土地を売るつもりはないのさ。わたしはここで生まれて、ここで育ったのだし、引越すにはもう歳をとりすぎているんでね」

この手の問題の専門家を町から招いて、そのアドバイスを参考にどうすべきかを決めようじゃないかと彼はいう。そうすればわたしたちはいがみ合う必要もないのだし、なんといっても隣人同士なんだから。

まったく、母なる大地に対する敬意を欠いた無神経きわまりない人物だ。それが、彼が去ったあとにわたしが思ったことだった。

それにしても、なぜ彼がわたしの提案を頑《かたく》なに拒んだのだろうと、次第に興味が湧いてきた。

丸一日考えたのち、おそらく彼は自分が歩んできた一本道の人生をいまさら変えたくないのだろう、そう思うに至った。町なかに越すとすれば、それは未知の世界へ飛び込むのと同じことだし、新たな価値を受け入れるには自分はもう年をとりすぎていると、彼はそう考えたのだろう。

そんな考えを持つのは珍しいことだろうか？　いや、そんなことはない。慣れ親しんだ生き方にこだわるあまり、勝手の知れないほかの可能性をとりあえず否定する。わが隣人の場合であれば、彼の知る世界とはこの村と畑だけだ。リスクを覚悟してまで変化を受け入れることの利点など、ひとつもないにちがいない。

たとえば街に住む人々なら大学に通って学位を取得し、結婚相手を見つけ、子どもをつくり、その子どもたちにも進学をすすめる。同じことだ。**「ほかの生き方があるんじゃないか？」と自問する人などめったにいない。**

いきつけだった床屋には、社会学を学ぶ娘がいた。床屋は、その娘がちゃんと卒業できるようにと、昼夜を問わず働いた。

そうしてついに大学を卒業した娘は、いくつもの会社に応募した後、あるセメント会社で秘書の職に就いたのだった。「わたしの娘は大卒でね」と、床屋はとても誇らしげに胸を張るようになった。

わたしの友人の多くが、そしてその友人の子どもたちのほとんどが、どこかの大学を出ている。だからといって、やりたかった仕事に就いているかといえば、かならずしもそうとはいえない。むしろ、そんなことはめったにない。

彼らがどうして学位を欲しがるのかといえば、「出世するなら大卒じゃないといけない」と、学位がものをいった時代の話をまだ真に受けているからだろう。

そんなことをしているうちに腕の立つ庭師やパン屋、目の利く骨董商、優れた彫刻家や小説家などが、世間からどんどん消えてしまった。

そろそろなにかを考え直すべきときではないだろうか。医師や技術者、科学者や弁護士になろうというのであれば大学を出る必要もあるだろう。しかし、誰もが学位をとってどうするのだろう?

ロバート・フロストという詩人の書いた一節が、答えを示してくれている……

森のなか、道がふた手に分かれていた、わたしは――
人の気配の少ない道を、わたしは選んだ
その結果、いかなるちがいが生まれたことか

さておき、隣人との話に戻ろう。町からやってきた専門家がいうには、驚いたことに、隣家の敷地から最低3メートル離れていなければ植木は認められないと、そう法律で決まっているのだそうだ。

わが家の木々は、境界線からわずか2メートルのところに生えている。そんなわけで、わたしはせっかくの木々を切ってしまわなければならなくなった。

　とにかくわたしはこの国の一般市民に興味があるのだから、博物館や教会ではなく市場などへ出かけてみたいのだと力説した。だが、その日はちょうど祝日にあたり、市場は開かれていないというではないか。

「だったらどこへ行こうというんだ？」

「教会へお連れしましょう」

　思ったとおりだ。

「今日はわたしたちにとって、じつに特別な聖人の祝祭なのです。あなたにとっても特別なはずです。まずはその聖人の眠る墓地を訪ねましょう。これ以上の質問はいっさいせずに、わたしたちといっしょに来てください。ときどきあなたのような作家を驚かせるために楽しいサプライズを用意することがあるのです」

「その墓地までは何分くらいかかるのかな？」

「20分ほどでしょうか」

20分というのはまさに典型的な答えといっていい。それよりもっと長い時間がかかることなどもちろんわかりきっている。まあいまに至るまでずっと彼らはわたしのあらゆる要望を尊重してきてくれたわけだし、今回ばかりはこちらがその要望に応じよう。

日曜の朝で、わたしは東欧の国アルメニアのエレバンにいた。

気乗りしないまま彼らの車に乗り込む。車窓からは、雪化粧をしたアララト山が遠くに見える。周囲に広がる田園風景をわたしは見回す。こんな鉄の箱に閉じ込められているよりも、むしろ表に出てあの景色のなかを歩きたい。

彼らはあれこれと気を遣ってくれるが、わたしは心ここにあらずで、とにかくこの「旅のスペシャルプログラム」を受け入れることだけに意識を費やしている。ついに彼らはわたしに話しかけることをあきらめ、車内は無言になった。

50分後（思った通りだ！）、やっと小さな町に入ったわたしたちは、そのまま例の教会をめざす。溢れ返らんばかりの人出だが、誰もがスーツ姿にネクタイを締め正装している。あきらかに改まった場であり、Tシャツにジーンズという自分の格好がものすごく不釣り合いだ。

車を降りたわたしを待ち受けていたのは、作家協会の面々だった。1本の花を手わたされ誘導されるがままにミサに参列する人々のあいだをすり抜け、祭壇の背後にある階段を下りる。目の前に墓石が現れる。ここにその聖人が眠っているのだと察しがついた。

献花をおこなうべきだろうが、その前にまず自分が誰に祈りを捧げるのかを知っておきたい。

「聖なる翻訳家ですよ」と返事がある。

わたしの目に涙があふれる。聖なる翻訳家だって！

2004年10月9日。アルメニア西部のオシャカンという町である。わたしの知るかぎり、世界中で唯一アルメニアでのみ、「聖なる翻訳家」として知られるメスロプ・マシュトツに捧げられた祝日が設けられており、その日は独特な祝祭が催される。

アルメニア文字の生みの親（アルメニア語は以前から使われていたが口語でしかなかったのだ）であるのみならず、その時代においてもっとも重要とされていた文献の数々を、ギリシャ語やペルシャ語、キリル語などからアルメニア語に訳したのが、他ならぬこの聖メスロプなのだ。

メスロプとその弟子たちが『聖書』やその他当時の古典文学の翻訳に費やした労力は、並々ならぬものだった。だがその尋常ならざる努力のおかげで、アルメニアという国の文化が独自のものとして今日に至るまで続いてきたのだ。

聖なる翻訳家よ。わたしはいまこの手に1輪の花を抱き、未だ見ぬ人々に、そしておそらくは出会うことのないであろう彼らに対し、ある思いを馳せている。

彼らはわたしの本を手に、わたしが書くことにより伝えようと試みた言葉を、できるかぎり忠実に、わたしの読者の手に届けようと最善をつくそうとしてくれる。

そしてなによりいまこうしているわたしのことを聖メスロプとともに天上から見下ろしている義父クリスティアーノ・モンテイロ・オイティチカ（職業：翻訳家）のことを思う。旧式のタイプライターに覆いかぶさるようにして、翻訳家の実入りがいかに低いかしばしば愚痴をこぼしていた義父の姿を思い出す（残念ながら、その現実はいまなお改善されてはいない）。

しかし義父はすぐに続けて、自分がなぜ翻訳をするのかその本当の理由を語るのだった。翻訳家がいなければ自国の人々に届けられることのない叡智というものがこの世に存在するのだと。

わたしは義父のために、そしてわたしの本を訳してくれる各国の翻訳家たちのために、またその存在なくしてはわたしが決して読むことの叶わなかった、この人生の血肉となった何冊もの本を訳してくれた名を知らぬ彼らのために、深く黙禱を捧げる。

教会の外へ出るとそこには、キャンディーや花々を並べて文字を書く子どもたちの姿があった。

人の内面に野心が宿っているのを見たとき、神はバベルの塔を無残に破壊し、以来、人間たちはさまざまに異なる言語を用いることを強いられたという。**だが、神はなお無限の愛で、壊れた橋を再構築する役割を担う人々を、この世に創造したのだった。**

そうして人は対話の術を獲得し、思想を共有できるようになった。

異国で書かれた本を紐解くときそこにいる、さして気にとめられることのない名前をもつ彼らこそ、「翻訳家」という人々である。

純粋な心

以前、自費出版で『地獄のアーカイブ』という本を出版したことがある(誇るべき一冊だと思っているが書きなおす勇気がまだなく、いまは書店に並んでいない)。

出版されるということがどれほど難しいことなのか、わたしたちの誰もがよく知っている。だが出版されたところで、それを書店の店頭に並べるのはもっと難しいことなのだ。

当時は毎週のように妻があっちの書店に行けば、わたしがこっちの書店を回る、そんなことをやっていた。

ある日のこと。わたしの本を何冊か抱えてコパカバーナ通りを渡ろうとしていた妻の目の前に、ジョルジェ・アマードとその妻ゼリア・ガッタイが通りかかった!

わたしの妻は反射的に、夫が物書きであることを彼らに伝えた。そのようなことは彼らにとって日常茶飯事だったにちがいない。

だがジョルジェとゼリアは親切そのもので、妻をコーヒーに誘ったうえに本を1冊買ってくれて、さらにわたしの小説家としての将来を祈念してくれさえしたのだった。「おかしくなったのか！」帰宅した妻にわたしはいった。「あの人こそブラジルでもっとも偉大な作家だって、知らないわけじゃないだろう？」

「もちろん」と妻。「あそこまで上りつめるような人なのだから、純粋な心の持ち主にちがいないわよ」

純粋な心。クリスティーナのその言葉以上の真理などなかった。

そして国外でもっともその名を知られたブラジル人作家ジョルジェは、この先のブラジル文学がどのような未来へと向かっていくのかを示す偉大な指標でもあった（それはいまもなお変わらない）。

時は流れ、あるブラジル人作家の書いた小説『アルケミスト』がフランスのベストセラーリストに登場し、その数週間後にはなんと第1位に輝いた。

その数日後、リストの切り抜きと愛情あふれる祝いの手紙が、ジョルジェから届いた。ジョルジェ・アマードの純粋な心には、嫉妬のような感情の生まれる余地などなかったのだ。

国内外のジャーナリストが、彼に対して挑発的な質問をするようになった。しかしジョルジェは、暴力的な批判の世界に安易に足を踏み入れるような人ではなかった。それどころか自分の著書に寄せられた残酷な書評の数々にわたしが苦しめられている最中、守ってくれさえしたのだった。

ついに、わたしにとってはじめての文学賞が、フランスで与えられることになった。しかし間の悪い偶然というべきだろう。授賞式当日わたしはロサンゼルスでの講演をしなければならないことになっていたのだ。

フランス語版を出してくれたアンヌ・キャリエールは、大いに失望していた。アメリカの出版社とかけあってくれたが、予定されていた著者ツアーのスケジュールは変更してもらえなかった。授賞式が迫っていたが、受賞者の都合は依然つかないままだった。いったいどうすればいいのだろう?

わたしにはいっさい知らせずに、アンヌはジョルジェ・アマードに電話をかけて事情を伝えた。そしてなんと、ジョルジェはわたしの代理としての授賞式の参加を、ふたつ返事で引き受けてくれたのだった。

それだけでなく、彼はブラジル大使にも電話をかけて招待し、会場にいたすべての人の心に響くすばらしいスピーチをしてくれた。

変な話と思われるだろうが、それからわたしがジョルジェ・アマードと会ったのは授賞式からもう1年近くが経ったあとのことだ。

新人だからと見下すことのない著名な作家、自分以外のブラジル人の成功を祝福してくれるブラジル人、頼まれればいつでも助けの手を差しのべようとする人物。

ああ、わたしはその人の書く本にも増して、その人自身に深い敬意を抱いているのだ。

人生という庭

「愚か者を相手に千の叡智を教えることは可能だが、彼が求めるのはあなたそのものなのだ」ということわざがアラブにある。

人生という庭をつくろうとすれば、それを覗き見ようとする隣人の存在が気になるだろう。行動の種をまくべきとき、思考を耕すべきとき、成果に水を与えるべきときなどについて、自分の庭には手をつけようともしないくせに、こっちの庭には平気で口をはさもうとするような隣人だ。

もしそんな相手の言葉に耳を貸してしまえば、わたしたちは彼のために働くことになってしまうし、わたしたちの人生の庭は彼の庭ということになってしまう。

そして自分自身が汗を流して祝福を与えながら耕した土地のことなど、なにひとつ思い出せなくなってしまうだろう。忍耐強く耕した者にしか知り得ない秘訣が、その土地の細部に至るまで宿っていることなど忘れ去ってしまうのだ。

もはや太陽や雨、季節の移ろいに気を配ることもやめ、ただ柵の向こうからこちらを覗き込む顔だけを気にするようになってしまう。

余計な口ばかり出したがる愚か者は、自らの庭を耕そうなどとは考えない。

教会より響く音楽

誕生日に宇宙からのプレゼントを受け取ったので、読者のみなさんにもそれをお届けしようと思う。

フランス南西部、アズレという小さな町の近くの森のなかに木々に覆われた丘がある。気温が40度を超え熱中症で5000人近くが亡くなったこの夏、干ばつで悲惨なことになったトウモロコシ畑を見るのもつらく、もうこれ以上歩く気力が湧かない。

それでもわたしは妻にいう。

「ほら、こないだ君を飛行場まで送っていっただろう？　その帰りに寄り道をして、あの森をちょっと歩いてみたんだ。ものすごく素敵な小道を見つけたんだけど行ってみない？」

木々の奥になにか白いものを見つけたクリスティーナが、あれはなにかとたずねる。

「僧院だよ」と答えつつ、わたしが発見した小道はあの庵のすぐ横を通っているのだと説明する。

ただ前回は、僧院の扉は閉まっていた。山や野原に慣れ親しんだわたしたちにとって「神とはいたるところに宿るもの」であり、つまり神を崇めるために人のつくった建物に入る必要などないのだということを、わたしたちはよく理解している。

長い散歩の途中で立ち止まり、草木の音に耳をすまし、静かに祈りを捧げることがしばしばある。わたしたちの目には映らない世界はいつも、この現実のどこかにその姿を示しているのだ。

山道を30分ほど行ったところで、木々のあいだからあの僧院が姿を現した。月並みだが、いくつかの疑問が湧く。誰がこれを建てたのだろう？　どのような理由で？　どの聖者に捧げられた寺院なのだろう？

近づくにつれ、音楽と歌声が聞こえてきた。まるでわたしたちを祝福しているかのような独唱だ。

「前回ここに来たときには、音楽を流している人などいなかったけど」とわたしは訝る。こんな人通りの寂しいところでわざわざ音楽を流すなど、ちょっと奇妙ではないか。

前回とちがい、今回は僧院の扉が開いている。なかへ入っていくと、まるで異世界に迷い込んだかのようだ。
朝日に照らされた礼拝堂、祭壇に飾られているのは聖母マリアの無原罪懐胎の像、3列の信者席、そしてその隅には恍惚とした表情でギターを爪弾き、歌をうたう20歳くらいの女性の姿があった。彼女の揺るぎない目が、正面の像を見据えている。

はじめて入る教会ではいつもそうするように、わたしは3本のロウソクに火を灯した（1本はわたし自身のため、2本めは友人や読者のため、3本めはわたしの仕事のためだ）。振り返ると、女性はどうやらわたしたちに気づいているようすだが、ただ笑みを湛えて演奏を続けている。

楽園が、天国からこの地上に降りてきたかのようだ。こちらの胸のうちを見透かしているのか彼女は音楽と静寂をつなぎ合わせて、そして祈りを捧げる仕草をする。

けっして忘れることのない瞬間に立ち会っているのだと直感する。神秘的な瞬間にだけ訪れるあの感じだ。

「過去」も「未来」もなく、わたしは「ただこの瞬間」にある。

朝日、音楽、快楽、思いがけない祈りなどだけが、あるにすぎない。礼拝の境地に入ったわたしは恍惚となり、生命への感謝に包まれる。

ひとしきり涙を流した後、永遠とも思えた時間が止まり、彼女は演奏を終えた。妻とわたしは立ち上がって、彼女に感謝を伝える。

朝の魂が平穏で満たされたことへのお礼に、なにかを贈りたいと彼女に申し出る。毎朝この場所で音楽を奏で、それが自分なりの祈りなのだと彼女はいう。

わたしはしつこく贈り物をしたいと食い下がる。当初は遠慮していた彼女も、最後にはこの修道院の住所を教えてくれた。

翌日、わたしは自分の本を彼女に送った。まもなく返事が届いた。あの朝たまたま訪ねてきた夫婦が自分とともに祈りを捧げ人生の奇跡を共有したことで、彼女は歓びに満ちた魂とともに僧院をあとにしたと書かれていた。

飾り気のない小さな礼拝堂に、あの若い彼女の歌声に、すべてを満たしていた朝日に、神の偉大さがいつもと変わらずただ宿っていたのだとあらためて思った。

ある女性への祝辞

2003年のフランクフルト・ブックフェアが終わり1週間経ったころ、ノルウェーの出版社から一本の電話があった。その年のノーベル平和賞を受賞したシーリーン・エバーディーのために企画されているコンサートの主催者からで、わたしにもコメントを寄せてほしいという依頼だった。

光栄なことであり、断るべき理由などなにもない。シーリーン・エバーディーといえば偉人である。身長150センチほどと小柄だが、人々の人権を守ろうとする彼女の声は、世界中に響いている。

責任重大な役割に緊張を覚える。記念コンサートの模様は世界110か国で放送される予定だ。あらゆる人々のために全人生を費やしてきた彼女のことを、わずか2分間のメッセージで伝えなければならない。

ヨーロッパ滞在中の拠点にしている、古民家の近所の森を歩きながら考える。うまい祝辞がなかなか浮かばず、辞退の連絡を入れるべきかと弱気になる。

だが人生とはこうして直面する課題によって意義深くなっていくものなのだと思いなおし、ついに引き受けることに決めた。

12月9日に、ノルウェーのオスロに入った。翌日は見事に晴れわたり、わたしは一群の聴衆に混じって授賞式会場にいた。

窓の外には港の景色が広がっている。20年前のちょうどこのころ、まさにあの港で、漁船からおろされたばかりの海老の皮をむきながら妻とふたりで凍える海を眺めたことがあったと思い出した。

窓の外のあの場所からこの会場の室内まで、こうしてわたしを導いてきた長い旅路に思いを馳せていたところ、女王をはじめとする皇族の到着を告げるトランペットの音色に回想が掻き消された。

シーリーン・エバーディーにノーベル平和賞が授与され、彼女の演説が始まる。テロとの戦いの名のもとに世界規模の警察国家を生み出そうと企てる国々に対して釘を刺そうと、彼女のスピーチは熱を帯びる。

夜のノーベル平和賞記念祝賀コンサートの会場で、プレゼンターのキャサリン・ゼタ゠ジョーンズが、わたしの祝辞があることを告げる。マイケル・ダグラスがその祝辞を読み上げるあいだ、わたしはこっそり携帯電話の電源を入れて、我が古民家に電話をかける。こうして妻とわたしはいっしょにその朗読に耳を傾ける（予め計画しておいたのだ）。

以下が、わたしが書いた祝辞だ。より善き世界をめざす努力を惜しまない、あらゆる人に向けた言葉だ。

「人生とは、個々に託された役目を担って、王国から他国へと派遣されるようなものではないか」と、ペルシャの詩人ルーミーは書いています。任地ではさまざまなことが起こるだろうが、ともかく自分に託された役目をまっとうしないかぎりはなにもしなかったのと同様なのだ、と。

自分の役割を理解する、その女性によせて。

目の前に引かれた道をしっかりと見据え、困難な道程を行く覚悟を決めた、その女性によせて。

困難な問題から逃げることなく、むしろ真正面から立ち向かい、こうして明示するに至った、その女性によせて。

孤独な人々を見捨てず、正義がなされることを待ちわびる彼らを支え、迫害者に対しその過ちをつきつける、その女性によせて。

扉をけっして閉ざすことなく、手を休めることもなく、歩みを止めることのない、その女性によせて。

たとえ7000年の栄華を誇ったところで、そのことをもって7日間の抑圧が正当化されることはない、というイランの詩人ハーフェズの言葉を体現する、その女性によせて。

まさに今夜この場に立つその女性が、わたしたちみなとつねにともにあらんことを、そして彼女の示す手本が広く示されんことを、ここに祈念します。

険しい日々がこの先にまだ続こうとも、やがて彼女が自分の役目を見事にはたし終えたとき、「不正」という言葉は辞書のなかにのみ存在するものとなり、次世代を生きる人々の生活とは無縁のものとなる日が訪れんことを。

彼女の歩みは変化の歩みであり、変化とは、真の変化とは、つねに長大な時間を要するものです。彼女の歩みに十分な時間が与えられんことを。

重要人物、マヌエル

マヌエルは、多忙でなければならない。そうでなければ彼の人生は意味を失い、時間は無駄に流れ去り、社会における存在価値さえ見過ごされ、彼を愛し必要とする者など誰もいなくなってしまうのだ。

そんなわけで目覚めたその瞬間から、マヌエルの一日は予定で埋め尽くされている。まずはテレビで朝のニュースを確認し（昨夜のうちに重大な事件がなかったとは限らない）、それから新聞に目を通す（昨日あった重要な出来事を見落とした可能性がある）。子どもたちが学校に遅れそうだと妻に文句をいいながら、車を出すかタクシーを呼ぶか、それともバスか地下鉄か、その日の予定に合わせて通勤手段を吟味することにも余念がない。空模様と腕時計に目をやりながら携帯電話で急ぎの電話を片付ける。自分がこの世界において意味のある存在であることを相手に知らしめておく必要があるからだ。

オフィスに到着したマヌエルは、まずその日の書類に目を通す。時間通りに出社したことを上司に示しておかなければならない。部下に対しては、すぐに仕事に取り掛かるよう緊張感を煽り立てる。特に重要な案件が見当たらなければ、マヌエルは自らそれをつくりだし新たな事案を打ち上げて、いま片付けてしまうべき仕事があることを示さなければならない。

マヌエルはひとりでランチに出かけない。部下を従えているときには取引先の誰かを招待し、新たなビジネスのアイデアを披露しながら競合相手の文句をいい、名刺を切らすことなどなく（やや得意げに）過労を誇ってさえ見せる。

上司と同席する場合にもやはり取引先に声をかけ、時間外労働についての冗談めいた言葉を飛ばしため息をつきながら、そんなふうに働くことで自分がいかに会社の業績に貢献しているのかを（やはり誇らしげに）示すのだ。

ランチを終えたマヌエルは、終業時間がやってくるまで脇目もふらずに働き抜く。

時計にちらちら目をやりながら帰宅の時間を確認しつつ、整理してしまわなければならない業務、承認しなければならない書類など、片っ端からやっつけていく。

給料に見合う分だけ働かなければ、みんなの期待に応えなければ、この恵まれた仕事に就くために教育費用を支払ってくれた両親の期待を裏切ることにもなりかねず、マヌエルはひたすら実直に働くのだ。

仕事を終えたマヌエルは帰宅の途につく。風呂に入って楽な部屋着に着替えたのち、家族とともに食卓を囲む。夕食を終えた子どもたちは団らんに加わるでもなく宿題をするでもなく、すぐさま自室に閉じこもり、大好きなコンピューターと向き合う。

マヌエル自身はといえば幼いころから慣れ親しんだテレビの前にどっかりと陣取り、スイッチを入れる。そしてまた、今日のニュース番組をチェックするのだ（この日中になにか事件があったかもしれない）。

人生に役立ちそうな本を一冊、本棚から抜き出すと、そそくさとベッドにもぐりこむ。上司や部下を持つ立場上、この厳しい競争社会においては取り残されたがもう最後、生きていくことさえ許されないのだ。現実に後れをとることなどあってはならない。

横に寝る妻に声をかけることも忘れない。ハードワークな一日の終わりであっても家族に対する気遣いを忘れず、問題があるなら相談に乗らなければならない。

だがやがて睡魔に襲われる。明日もまた忙しくなることに疑いの余地はない。エネルギーを蓄えねばならないのだ。

その夜マヌエルの夢に現れた天使が「なぜ、あなたはいつもそんなに忙しそうにしているの？」とたずねる。「責任をはたさなければならないからだ」とマヌエルは夢のなかで答える。

「一日に15分だけ。なにもかも忘れて自分自身に目を向けてみてはどう？」と天使はさらにたずねる。

「そんな余裕はないんだよ。そうできたらすばらしいかもしれないけどね」とマヌエルは答える。

「うそつき。誰だってできるはずよ。あなたにはただその勇気がないだけじゃないの。**打ち込むべき仕事があるのは確かに幸せかもしれない。でも人生の意味を忘れてしまうほどなら、それはただの呪いでしかない**」

マヌエルは思わず目を覚ます。体じゅうに汗をかき、時計の針はもう深夜を指している。勇気だって？　家族のために、仕事のために、この身を捧げているというのに、これ以上なにができるというのだろう。

いいから眠ろう。マヌエルはまた目を閉じる。無意味なだけのただの夢にわずらわされている余裕などなく、明日もまた忙しく動き回らなければならないのだから。

自由人、マヌエル

実に30年という歳月を、マヌエルは働きづめに働いた。子どもたちを育て、善き手本を示し、人生の意味について考える暇など持たずに、ひたすら仕事に打ち込んできた。とにかくせわしなく動き回ることで、存在感を示しつづけてきたのだ。

やがて子どもたちも立派に育ち、家を出る日が訪れる。マヌエル自身も出世を果たした。そしてある日、長年の功績をたたえられた彼は、記念品の時計だかペンだかをうやうやしく贈られて、同僚たちの流す涙に見送られつつ職場を去ることとなったのだ。

ついにその日がやってきてしまった。晴れて自由の身となったのだ！

たまに職場を訪ねては元の同僚たちとの世間話に興じたり、ずっとかなわなかった念願の夜更かしをしてみたり、そんなふうに数か月が過ぎた。

ときにはビーチや街に散歩に出かけたり、苦労して手に入れたマイホームの自慢の庭に手を入れながら花の咲く木を育ててみたり。「時間」ならたっぷりと手に入れた。すべての時間が思いのままだ。

貯金をはたいて旅行にも出た。美術館でも時間を費やし古今東西の絵画や彫刻などについて学び、文化的知識を得ているという充実感を味わう。行く先々で何百枚、何千枚という写真を撮ってかつての仲間に送りつける。幸せな余生を送っているのだと彼らに示したかったのだ。


さらに月日が流れ去る。庭の草木というものは仕事仲間のようには思い通りにならないものだ。植物が育つには長い時間が必要だ。毎日せっせと薔薇についた虫を取るが、花開くまで待つ日々など正直なところ退屈でしかない。

そんな毎日を過ごしながら、ついにマヌエルは思い至った。旅先で撮った写真にはいろいろな景色や旅行会社のマークの入ったバスが写っているものの、なんの興奮も写し出されていなかったのだ。異国の観光地を旅した、という事実がそこにあるだけだ。

ただ旧友たちに自慢話をすることばかりに気をとられていたのだった。


テレビのニュース番組を見る習慣も、新聞を読む習慣も続けてはいた（あのころよりも、もっと時間があるのだから）。かつては深く考える余裕などなかった物事について、いまではより多くの情報を得て語るべき意見もある。

必要なのは話に耳を傾けてくれる相手だったが、旧友たちは誰もが仕事やらなにやらそれぞれの「人生という川」の流れを進むのに精いっぱいのようすだ。

彼らはマヌエルの自由を羨みながらも、社会的価値のある役割を担う自分の立場に満足しているようだった。

マヌエルは、我が子に癒しを求める。いつだって彼らはマヌエルの大きな喜びだった。彼は子どもたちにとって善き父であり良き手本であり、正直で献身的な庇護者だった。だがいまとなっては子どもたちにも自分の人生というものがある。週末の食事に誘ったところで彼らにも予定というものがあるのだった。


マヌエルは自由で経済力もあり、社会的な実績だって持っている。でもこの現状はどうだろう？　苦労して手に入れたこの自由を、どうやって謳歌すればいいというのか。

誰もがマヌエルをたたえ、祝福してはくれるが、いっしょに過ごしてくれる相手はどこにもいない。あれだけ社会と家族に尽くしてきたのに、いまや虚しさが募るばかりで悲しく無力な存在と成り果てているのだった。


ある夜、マヌエルの夢枕に天使が訪れる。**「人生をいったいなにに費やしてきたの？　夢にまで見た生活を手に入れることができたかしら？」**

目覚めれば、また長い一日のはじまりだ。新聞。テレビのニュース番組。庭の手入れ。昼食。昼寝。なんだって思いのままだ。

ただもうなにをする気も起きはしない。人生の意味など考える暇もないほど忙しく、ただ時の流れに身を任せてきたマヌエルも、いまやうつ病の一歩手前、悲しき自由人となったのだ。

ある詩人の言葉をマヌエルはふと思い出す。「彼は人生を歩んだ／しかしそれを生きはしなかった」

この結果を受け入れるにはもうあまりにも遅すぎる。目先を変えるほかないだろう。彼が苦労して手に入れた自由とは、偽りの亡命でしかなかったのだ。

天国へ行ったマヌエル

引退してからしばらくは、マヌエルも自由な暮らしを楽しんだ。決まった時間に目覚める必要もなく、ただ好きなように過ごせばよかった。

しかし間もなく彼は憂鬱に悩まされるようになる。自分がまるで役立たずで、これまで力を尽くして貢献してきたはずの社会から切り捨てられてしまったように感じるのだ。

育てあげた子どもたちからも相手にされず、人生の意味を見失った彼の頭のなかでは、ある疑問がこだましている。「自分はいったいなにをやっているんだ?」

そしてある日、我らが愛すべき、正直で献身的な男マヌエルは、ついにこの世を去ることとなる。マヌエルに限らず、パウロ、マリア、モニカ……、いかなる人にも等しく訪れる死の瞬間が訪れたのだ。

死について、哲学博士のヘンリー・ドラモンドが『世界最大のもの(The Greatest Thing in the World)』という名著のなかで、次のように記している:

大きな問題です。これは太古の昔より人々を悩ませてきた、とてつもなく大きな問題です。

命を授かったあなたは、ただ一度きりの人生を生きるのです。望み得るもっとも崇高な理想とは、求め得る最大の恩恵とは、いかなるものなのでしょうか？

宗教のもたらす最大のものは信仰心であると、わたしたちはそのように教えられてきました。何世紀にもの長きにわたり、この観念が宗教の基本となってきたのであり、わたしたちは信仰こそがもっとも重要であると学び、それを守り抜いてきたのです。

しかし、それは間違いでした。重要ななにかを見落としてきたのです。『コリント人への第一の手紙』の第13章においてパウロは、キリスト教の源泉について「もっとも大いなるものは愛である」と述べています。

勘違いなどではありません。パウロはその直前には信仰について次のようにも語っています。「山を動かすほどの強い信仰があろうとも、そこに愛がなければ、わたしたちのいっさいは無となる」と。

疑いようもなく、彼は信仰と愛とを比較して見せ、「永遠に存続するものは、信仰と希望と愛、この3つである」としたうえで、「このうちでもっとも大いなるものは、それこそ愛である」と結論づけているのです。

つまりその「死の瞬間」が訪れて、我らがマヌエルもついに救済されたといえるだろう。「人生の意味」に到達することはなかったが、「愛する」という一点において彼は不足ない人生を送ったのだから。

家族を愛し、仕事にも愛と尊厳をもって取り組んだ。ハッピーエンドと呼んでもよいマヌエルの人生だったが、その晩年については議論の余地はあるかもしれない。

ダボスで開かれた世界経済フォーラムでの、シモン・ペレスの演説の言葉を借りよう。

「楽観論者も悲観論者も、最後は等しく死ぬことになります。しかし、そこにたどり着くまでの人生についてはは大きなちがいがあるのです」

危うく死にかけた話

2004年の8月22日、午後10時半きっかりに、わたしは死にそうな目に遭った。自分の誕生日が祝われてからまだ48時間も経っていなかった。

その臨死体験について説明するための舞台装置を並べてみよう。
（a）俳優のウィル・スミスが主演の新作映画の宣伝インタビューのなかで、わたしの著書『アルケミスト』を何度も引き合いに出していた。
（b）その新作映画の原作は、わたしも何年か前にとても楽しく読んだアイザック・アシモフの『アイ・ロボット（I, Robot）』という小説だ。ウィル・スミスとアシモフへの敬意を込めて、映画館に行くことを決めていた。
（c）当時わたしはフランス南西部にいて、近所の小さな町で映画が封切られるのは8月の第1週だった。いくつか些末な事情が重なったせいで初日の都合がつかなかったわたしは、その日曜の回を観にいく計画を立てていた。

妻とふたりでボトル半分のワインとともに早めの夕食をすませた。家政婦も誘って3人で出かけることにした（はじめ彼女は断ったものの、結局いっしょに行くことになった）。時間に余裕を持って映画館に到着した我々はポップコーンを手に映画を鑑賞し、大いに楽しい時間を過ごした。

自宅にしている古民家までは車で10分ほどの距離だ。ブラジル人ミュージシャンのCDをセットして、のんびり運転することにした。そうすれば少なくとも3曲は聴くことができるからだ。

夜更けの小さな村落を通り過ぎようとしたとき、どこからともなく現れた車のヘッドライトがサイドミラーに映っているのに気がついた。目の前は標識のある交差点だ。わたしはブレーキを踏み、速度を落とした。標識が邪魔をして追い越しには適さない小さな交差点だ。なにもかも一瞬の出来事だった。

「おいおい、正気かよ！」と思ったものの、声に出す間もなかった。後ろの車（記憶のなかではメルセデスだが確信は持てない）の運転手は標識があるにもかかわらずアクセルを踏み、わたしの車を無理やりに追い抜いた。そしてもとの車線に戻ろうとした途端、わたしの車を遮るように横転したのだ。

その先はスローモーションだった。1回転、2回転、3回転。勢いよく路肩にぶつかり跳ね返ると、前後のバンパーを地面に打ち付けながらさらに転がりつづけた。

そのようすがずっとわたしの車のヘッドライトに照らし出されていたのだが、わたしはとっさに急ブレーキを踏めずにいた。目の前で車が宙返りしている。まるでついさっき観た映画のワンシーンさながらだ。だがあっちはフィクション、こっちは現実だ！

車はやっと転倒をやめ、ついに道路のまんなかで左側を下にして動かなくなった。運転手のシャツが見えた。「降りて助けなければ」という一念で車を停めた。わたしにしがみつく妻の爪が腕に食い込む。爆発に巻き込まれるかもしれないから、もうちょっと離れたところにとめてほしいと彼女は震えて訴えた。

わたしは更に100メートルほど車を走らせてから停車した。カーステレオからはブラジル人ミュージシャンの音楽が、まるでなにごともないかのように流れている。なにもかもが非現実的な空気を帯びていて、どこか遠くの出来事のように感じられた。

妻と家政婦のイザベラは、車を降りると事故現場へ走っていった。反対車線をやってきた別の車もそこに停まった。運転していた女性が悲痛な表情を浮かべて飛び出してきた。彼女の車のヘッドライトもまた、その地獄の情景を照らし出していたのだった。

携帯電話はないのかと彼女がわたしにたずねる。ありますよ。じゃあなんで救急車を呼ばないのよ！

救急車は何番ですか？　信じられないという顔で彼女はわたしを見る。馬鹿をいうんじゃないよ！　51、51、51！　電話を手にしてはじめて電源が入っていないことに気づく。映画館ではつねに電源を切るよう求められるのだ。

電源を入れ暗証番号でロックを解除する。そして緊急番号を押す。51、51、51。いまではっきりとその場所を覚えている。ラルベールとオルグとの村境だ。

妻と家政婦がこちらへ戻ってくる。運転していた青年は、多少の怪我を負ってはいるものの致命傷ではなさそうだ。車ごと6回転して軽傷ですんだとは！

青年がよろめきながら這い出してくる。もう1台が通りかかって停車する。5分も経たないうちに救急隊員が到着し、これですべて片付いたようだ。

すべてが片付いたとはいえ、一歩間違えばあの車はわたしたちを直撃していた。わたしたちは車ごと溝に突き落とされていたかもしれない。もしそうなっていたらいまごろとんでもないことになっていただろう。

やっと自宅にたどりつき、星空を見上げる。

人生に事故はつきものだが、まだその時でなければ、事態はわたしたちを巻き込むことなく、真横を通り過ぎていく。

わたしは神に感謝する。そして、我が友人の一言を思い出す。**起こるべくして物事は起こるが、それ以外にはなにも起きない。**

セカンド・チャンス

「シュビラの本の物語にはいつだって驚かされるね」と、我が友でありエージェントであるモニカに向かっていいながら、わたしはポルトガルへと車を走らせていた。

「目の前のチャンスをつかむことの大切さを教えてくれる。そうしなければ同じチャンスはもう永遠に帰ってこないというんだ」

「シュビラ」とは、古代ローマに暮らしていた予知能力を持つ預言者たちの呼称だ。

ある日、ひとりの預言者が、9冊の本を抱えて皇帝ティベリウスの宮殿を訪ねた。そして「帝国の未来がここに記されている」と伝え、10タラントの金貨を求めた。法外な値段だとティベリウスはそれをはねつけ、本を買わずに追い返した。

立ち去ったシュビラはしかし、3冊の本を燃やしたあと、残る6冊を持ってまた皇帝のもとを訪れた。そして同じく10タラントを要求した。

皇帝ティベリウスは一笑に付し、また預言者を追い払った。9冊分の値段で6冊を売りつけようなど、どうしてそんなことが許されるだろうか。

シュビラはさらに3冊を燃やし、残った3冊を持って、またまたティベリウスの前に姿を現した。「これでもやはり10タラント」と預言者は告げる。根負けしたティベリウスはその3冊を買い取ったが、未来のことが少しだけわかったにすぎなかった。


その話を終えたとき、車がスペインとポルトガルの境界の街シウダー・ロドリゴに差しかかっていることに気がついた。4年前の記憶がよみがえる。ある本を勧められたが、結局買わなかったのだ。

「ちょっと寄っていこう。シュビラの話を思い出したのは、もしかしたらあのときの過ちを正せというお告げかもしれない」

出版イベントではじめてヨーロッパをまわった際、このシウダー・ロドリゴで昼食をとった。ついでに街の教会を訪ねて神父と会った。「午後の陽射しに照らされた礼拝堂がすばらしいでしょう」と神父は誇らしげだった。そんな彼の言葉を、わたしは気に入った。

神父は教会の祭壇や回廊、中庭などを案内してくれた。別れ際、彼自身が書いたその教会に関する本を勧められたがなぜか購入しなかった。そして、そのことがしばらく罪悪感として残ったのだった。

わたしだって自分の本をヨーロッパで売ろうとしていた物書きであり、ある種の連帯感だって芽生えたろうに、なぜあのとき神父の本を拒んだのだろうか？　そのときのことをいままですっかり忘れていたのだ。

車を停めて、モニカとわたしは広場の先の教会へと歩いた。ひとりの女性が空を見上げて立っていた。

「こんにちは」と話しかけた。「この教会についての本を書かれた神父を探しているのですが」

「ああ、スタニウラス神父のことですね。神父なら1年前に亡くなってしまいました」

そういう彼女の言葉を聞いて、深い悲しみに襲われた。

なぜわたしは、スタニウラス神父に歓びを与えようとしなかったのだろう。誰かが自分の書いたものを読んでいるときに感じる、わたしもよく知るあの歓びを。

「神父はこれまで出会ったなかで、もっとも親切な方でした」と、女性は続けた。「裕福とはけっしていえない家庭に生まれ、それから考古学の専門家になったのです。あの方は、わたしの息子が大学に通うための奨学金の申請にも力を貸してくださいました」

わたしは彼女に、訪問の理由を明かした。

「そんな小さなことで自分を責めたりしないでください。また教会に行ってみたらどうでしょう？」

これもまた導きだと感じ、わたしは彼女に促されるまま教会に入った。懺悔室には神父がひとりいるだけで、姿を見せぬ信徒のことを待っていた。わたしが近づくと彼はひざまずくようにと指示した。

「懺悔にきたのではありません。スタニウラスという著者の書いた、この教会についての本を買いにきたのです」

神父の目が、輝きを帯びた。懺悔室を出た彼は、すぐに1冊の本を手に戻ってきた。

「なんと、そのためだけに来てくださったとは」と神父はいう。

「わたしはスタニウラスの弟です。兄のことなら心の底から誇りに思っています。いまはもう天国にいますが、この本を求めてやってくる人がいるなんて、きっととても喜んでいるでしょう」

教会にはほかにも神父はいたのだろうが、たまたまそこにいたのはスタニウラスの弟だったのだ。本の代金を支払って感謝を伝えたわたしを、神父の抱擁が包んだ。

立ち去ろうとするわたしたちの背後から、神父の誇らしげな声が響いた。

「午後の陽射しに照らされた礼拝堂がすばらしいでしょう！」

まさしく4年前のスタニウラス神父の言葉そのままだ。人生はいつだって、2度目のチャンスを与えてくれるものなのだ。

忘れていた祈り

3週間ほど前のこと。サンパウロ市街を散歩中に、友人のエディーニョから「聖なる瞬間」と書かれたパンフレットをもらった。上質の紙にフルカラーで印刷されたパンフレットだったが、特定の宗教や宗派とは無関係らしく、裏面にはただ「祈りの言葉」だけが記されていた。

その祈りの言葉の下に書かれた作者の名を見たときの驚きを、想像できるだろうか。なんとわたし自身の名だ!

1980年代の初頭に出版された、ある詩集に寄せた言葉だった。たしか、その本の表紙の袖に掲載されていたものだ。

かなり以前に書いたものだし、まさかこんな形でわたしの手元に舞い戻ってくるとは思ってても見なかった。おそるおそる読み返してみたところ、なかなかいいことが書かれており胸をなでおろした。

そのパンフレットとこうして出会ってしまった以上、そしてわたしが運命を信じている以上、ここにあらためて書き写しておきたいと思う。これを読んだ人々が自分自身のために、そしてほかの人々のために、独自の祈りの言葉を紡ぐ勇気を与えることを期待したい。そうすることで胸に秘めた善なるバイブレーションが放たれ、周囲に伝わっていくのだから。

これがその祈りである：

主よ、迷うわたしたちをお許しください。**「迷い」もまた、祈りの形だと思うからです。**なぜ迷いの心がわたしたちを成長させるかといえば、迷い、問いを発することによって、はじめて答えを直視する勇気が与えられるからです。そのためにも……

主よ、わたしたちの決意をお見守りください。**なぜなら「決断」もまた、祈りの形であるからです。**迷いの結果に示される道すじを、選び取る勇気をお与えください。是はつねに是であり、否はつねに否でありますように。わたしたちが選んだその道を、後悔の念で振りかえらずにすむよう、お見守りください。そのためにも……

主よ、わたしたちの行動をお支えください。**なぜなら「行動」もまた祈りにほかならないからです。**わたしたちの正しいおこないの結果として、日々の糧をお与えください。仕事と行動とを通じ、わたしたちに与えられる愛を少しでもわかち合うことができますように。そのためにも……

主よ、わたしたちの見る夢をお守りください。**なぜなら「夢見ること」もまた、祈りだからです**。置かれた状況や年齢などにかかわらず、希望と忍耐という神聖なる炎を心に灯すことができるよう、お見守りください。そしてそのためにも……

主よ、わたしたちに情熱をお授けください。**「熱意」もまた、祈りの形にちがいありません**。情熱こそが天と地とを結び、大人と子どもをつなぐものであり、わたしたちの願いの大切さを示し、それが最善の努力を費やすに値するものであることを教えてくれるからです。わたしたちの献身が、あらゆる物事を可能にすると教えてくれるのは情熱なのです。

そのためにも……

主よ、わたしたちにご加護をお与えください。**なぜなら「命」あってこそ、奇跡が顕在化されるからです**。この大地が種から小麦を生みつづけますように、その小麦でパンを焼きつづけることが叶いますように。それは、愛あってこそ可能なことであり、だからわたしたちを孤独からお守りください。仲間をつねにお与えください。迷い、行動し、夢を抱き、情熱を持ち、そしてあなたの栄光に身を捧げるために生きるわたしたちに仲間をお与えください。

アーメン。

祈りつづける

ヘンリー・ジェイムズによれば、「経験」とは、**意識という室内に張られた巨大な蜘蛛の巣のようなものであり、その巣は必要な物事ばかりでなく細々した不要なものまで捕えてしまうのだ**という。

わたしたちが「経験」と呼ぶものは往々にして、敗北の経験の総和でしかない。だから未来に目を向けようとしても過去の人々が犯してきた数多くの過ちに気を取られ、次の一歩を踏み出す勇気を失ってしまう。

そんなときには、ソールズベリー侯の言葉を思い出すといいだろう。「医師を信じれば健康は損なわれ、神学者を信じればすべては罪となり、兵士を信じれば安全は失われる」

自分のうちなる情熱を受け入れること、打ち勝とうという気概を持ちつづけることは重要だ。それらは人生の一部であり、喜びをもたらすものだ。

光の戦士であれば、忍耐や絆を見失うようなことはない。刹那と永遠の区別を知っているからだ。

だがそんな光の戦士にも、情熱を突如として失ってしまう瞬間が訪れる。蓄えてきたあらゆる知識も空しく、絶望に打ちひしがれてしまうのだ。次から次へと信念が砕かれ、物事は思い通りにはいかず、思いも寄らぬ不公平と悲劇にみまわれ、自分の祈りが聞き入れられていないと考えはじめる。

それでも祈りつづけ礼拝を欠かすことはしないが、もはや自分を欺くことはできない。心はかつてのように反応を示さず、言葉も無意味に思えてくる。

そんなとき従うべき道はひとつだけだ。**とにかくひたすら続けること。義務感や恐れから祈るにしても、もしくはほかの理由で祈るにせよ、とにかく祈りつづけるしかない。すべてが無駄に思えても、続けるほかに道はないのだ。**

あなたの言葉を受け取るべき、信仰の喜びを司るべき天使はどこかへ迷い込んでいってしまった。だがやがてまたすぐに舞い戻ってくれれば、あなたの口から発せられる祈りを聞きつけ、居場所を見つけてくれるだろう。

ピエドラ修道院に残る言い伝えがある。朝の礼拝で疲れはてた修道士が、はたして祈りが神を人のもとへと近づけるものであるのか大司教にたずねた。

「その問いに対しては、また別の問いで応じよう」と大司教は答えた。「ところで祈りとは、明日の太陽を昇らせるものだろうか？」

「もちろんちがいます！　太陽は普遍的法則によって昇るものです」

「ならばそれが答えだ。どれだけ祈りを捧げようが、そのようなこととは無関係に神はそこにおられる」

修道士は衝撃を受ける。

「わたしたちの祈りは、無意味だとおっしゃるのでしょうか？」

「そうではない。早起きをしなければ日の出を拝むことはできまい。祈りを捧げなければ、すぐそこにおられる神を感じられないのと同じことだ」

眼を開き、祈りを捧げる。これが光の戦士の合言葉だ。ただ眼を開くだけでは実体のない幽霊を見ることになる。ただ祈るだけでは、世のために奉仕する時間がなくなってしまう。


『砂漠の師父の言葉』［Vitae Patrum＝初期キリスト教の偉人伝］には別の言い伝えがある。

大いなる祈りによって、ヨハネ大司教はあらゆる不安から解放されたとある司教がいう。祈りによって、すべての誘惑を消し去ったのだと。

大司教の噂が、シェアタ修道院の賢者の耳に届く。その晩、夕食のあと賢者は修道士をみな呼び集めた。

「ヨハネ大司教があらゆる誘惑を克服したと耳にしたであろう」と賢者は語りかける。

「だが、対抗心の欠如とは、魂の弱体化にほかならない。主に願おうではないか。ヨハネ大司教に大いなる誘惑を見舞わんことを。もし大司教がその誘惑を克服すれば、また主に願おう。さらに大いなる誘惑を見舞わんことを。大司教がその誘惑に打ち勝とうとするならば、『主よ、悪魔を取り払い給え』と大司教がけっして口にせぬよう、『主よ、邪悪に立ち向かう力を与え給え』と願うよう、祈りを捧げようではないか」

砂漠の涙

モロッコ帰りの友人が、当地の宣教師についての素敵な話を聞かせてくれた。

ある宣教師が、マラケシュに赴任した。そして、街のすぐ外の砂漠を散歩することを毎朝の日課にしようと心に決めた。

初日、宣教師は横たわる男を目にした。男は片手で砂をなでつつ、片耳を砂の地面に押し当てていた。

「変わり者にちがいない」と、宣教師は思った。

だが、来る日も来る日も同じ光景を目にするうちに、その奇妙な男に心惹かれるようになり、ひと月が経ったころには声をかけてみようと思うようになった。とはいえアラビア語を流暢に話せるわけでもない。困難を承知のうえで、宣教師は男のそばにひざまずいた。

「いったい、なにをしているのですか？」

「我、砂漠とともにあり。その孤独と涙を慰めんとす」

「いったい、砂漠が涙を流すとは？」

「砂漠は泣く。毎日泣く。人々に役立つ麦を育み、羊の糧となることを夢みて」

「では、砂漠にお伝えください。砂漠はすでに貴重な役目を負っているのです」と宣教師は告げる。

「砂漠を歩けばその広大さに我が身の小ささを知り、そして人がいかに小さき存在か、神がいかに大なる存在かを知るのです。砂を見れば、この世が公平ならざる場所だとしても、人々がすなわち平等なつぶてにすぎないことを知るのです。その丘を見れば瞑想が訪れ、その地平線に日が昇るのを目にしたわたしの魂は歓びに満たされ、神の存在を身近に感じることができるのです」


宣教師は男のもとを離れ、日課の散歩に戻った。そして翌朝、また同じ場所で同じ男が同じ姿勢でいるのを目にしたときの驚きを思い描いてみてほしい。

「わたしの言葉を砂漠に伝えてくれたでしょうか？」

寝ころぶ男はうなずく。

「まだ泣いているのでしょうか？」

「我が耳に聞こえざるものなどなし。砂漠がなぜ嘆くのか。幾千年、役立たずとしてここにあり、その無益さ故に神をなじり、自らの運命を恨みつづけてきたがゆえ」

「ならば、砂漠に伝えてください。人間であるわたしたちの寿命ははるかに短く、同じく無益な存在であるということを。わたしたちが自らの宿命を見出すなどないに等しく、それゆえ神を恨みもすることを。いざそのときが訪れて我らがなぜこの世に生まれ落ちたのかを知るも時すでに遅し。人生をあらためるには手遅れで、それゆえ人は苦しみつづけ、まさにこの砂漠のように無益にすごした時間を悔いては、我が身を責めているのだと」

「砂漠がその声を聞くや聞かざるや」と、男はいう。「砂漠は痛みそのものであり、異なる解釈など受け入れるものか」

「そのように希望を閉ざした者と会えば、いつもすることがあります。祈りを捧げましょう」

ふたりの男はひざまずいて祈る。ひとりはイスラム教徒であるがゆえメッカを向いて目を閉じ、かたや宣教師はカトリック教徒として手を合わせる。

それぞれが、それぞれの神に祈りを捧げる。たとえ異なる名で呼ぶにせよ神は神であり、それは唯一のものなのだ。

翌朝、いつもの朝の散歩にでた宣教師は、その男の姿がないことに気づいた。男がいた場所には小さな泉が湧き出ており、あたりの砂が濡れていた。それから数か月のうちに泉はみるみる大きくなって、街の人々の水場となった。

砂漠の民はその場所を「砂漠の涙の井戸」と呼ぶようになった。その井戸の水を飲む者は苦しみを喜びに変え、真の運命を見出すのだといわれている。

ヨルダンでのスピーチ

わたしの隣のテーブルには、ヨルダン国王夫妻、コリン・パウエル国務長官、アラブ連盟代表、イスラエル外相、ドイツ連邦共和国大統領、アフガニスタン・イスラム移行政権大統領ハーミド・カルザイ［当時（2003年）の肩書き。翌年12月以降は、アフガニスタン・イスラム共和国大統領となる］など、現在わたしたちが目の当たりにしている戦争と平和に関わる著名な人々がそろっていた。

気温は40度を超えていたが、砂漠にはそよ風が吹き、ピアニストはソナタを奏で、空は晴れわたり、目の前の庭園ではいくつものかがり火がたかれていた。死海をはさんで対岸にイスラエルが見える。地平線の彼方に明るく輝いているのはエルサレムの夜景だろう。

まるですべてが平和に調和しているようで、現実とはかけ離れた景色だと感じた。誰もが夢に見るような情景だった。ここ数か月の情勢は悲観的にならざるをえないものだったが、もし人々がこのようにして話し合えるのであれば、まだなにもかもが失われたわけではないようだ。

象徴的な意味ゆえにこの場所が会場として選ばれたのだと、ラーニア王妃があいさつがわりのスピーチをしている。

死海は、地球上でもっとも低い場所に位置する湖だ（海抜マイナス430メートル）。深く潜ろうとしたところで死海は塩分濃度が高く、人の体を浮き上がらせてしまう。

まるで長く苦しい中東和平プロセスと同じく、もうこれより沈むことなどありえない。

もしあの場にテレビがあれば、その夜もユダヤ人の入植者とパレスチナ人の若者が、それぞれ命を落としたことを知らされただろう。

だがその会食の席でわたしは、この奇妙な静寂があたかも中東全域に広がるものであるかのような錯覚を覚えた。当地に暮らす人々もまた、この席に着く面々と同じく理想郷の実現をめざして互いに意見を交わし合うようになれば、人類がこれより深く沈むことなどないのではないか。

もし中東を訪れる機会があれば、ヨルダン（友好的なすばらしい国だ）から死海に行って、そこから対岸のイスラエルをながめることを勧めたい。きっと平和の必要性と、またそれが実現可能であることを実感できる。

その会合の席でイスラエル人のヴァイオリニスト、イヴリー・ギトリスの即興演奏をバックにおこなったわたしのスピーチの一部を紹介したい。

平和とは、戦争の対極ではない。

わたしたちは夢のために戦うからこそ、厳しい戦いのなかにあってなお、こころに平和を宿していられる。希望を失った友を前に、善戦から得られる平和があればこそ、わたしたちは前へと進むことができるのだ。

外交に敗れ、爆撃があり、兵士たちが殺されてなお、震える手で我が子を養う母親の目は平和をたたえる。

弓を引くとき、全身の筋肉を引き絞りながらなお、射手の精神は平穏だ。

つまり、光の戦士たる者にとって、平和は戦争の対極ではない。なぜなら……

（a）一時的なものと永続的なものを見分けることができるから。文化と信仰を通じて時間をかけて鍛え上げられた絆を尊重しながら、夢や生存のために戦うことは可能だ。

（b）かならずしも相手が敵とは限らないことを知っているから。

（c）その行動の影響が5世代後の子孫にまでおよぶことを、我が子や孫たちが、その結果により恩恵を受ける（もしくは苦しむ）ことを知っているから。

（d）『易経』にある「忍耐の美徳」を忘れないから。そして同時に、忍耐とは頑なになることと同義ではないことも心得ている。戦闘が不要に長く続けば、その後の復興のために必要な熱意も失われてしまうだろう。

光の戦士にとって、抽象概念など存在しない。自己を変革することとはすなわち世界を変革することでもある。

光の戦士にとって、悲観論など存在しない。大波に立ち向かって船を漕ぐこともいとわない。年老いたのち、光の戦士はその孫たちに伝えるだろう。自分は隣人をよく理解するためこの世にやってきたのであり、兄弟たちを攻撃するためではないのだと。

人はつねに不滅である

光の戦士といえども自分の知性を過信してしまえば、相手の能力を過小評価することになる。

「戦略」よりも、「強さ」のほうが役立つ場合があることを、忘れないことが重要だ。直面する暴力の種類によっては、聡明さや理屈、知性や魅力でさえも、悲劇を避ける助けとはならない。戦士が武力をあなどらないのはそのためだ。暴力の度が過ぎるとみれば、戦士はまずその戦場から撤退したうえで敵方が力を消耗するまで待機する。

ひとつ明確にしておかなければならないが、光の戦士は臆病者などではない。ときには逃げて身を守ることだって重要だ。ただし恐怖にとらわれてしまえばこの方法も役には立たない。

どうすべきか疑わしい場合、戦士は敗北を選んで傷に耐える。一度逃げ出してしまえば相手を不要に力づけてしまうと知っていればこそだ。

光の戦士であれば、肉体的な苦痛など問題にしない。しかし精神的な弱みを見せてしまえば、ずっと逃げつづけることになるのだ。苦しく困難なときにこそ勇猛さと諦観と勇気を胸に、不利な状況と向き合わなければならない。

心の準備が整うまでに（大きな痛手を負いかねない不利な戦闘だと気づいていればこそ）、なにが自分を傷つけ得るのか正確に見極めておきたい。

「われらは恐ろしく自己意識が強いから不道徳をおこなう。おのれ自身が悪いと知っているから人を決して許さない。他人に真実を語ることを恐れているから良心をはぐくみ、おのれに真実を語ることを恐れ、うぬぼれを避難所にする」と、岡倉覚三は『茶の本』のなかでいっている。

このような自覚があれば、無益な戦いを避けられる場合もあるだろう。だがいかに不利な戦いであれ、逃げ場のないこともありえる。

「自分が負けると知っていても、敵の攻撃を受ける以外の道がないということもある。臆病に逃げまどうこともできるだろうが、それは取るべき道ではない。覚悟を決めるほかないのだ」と、ヒンドゥー教の聖典「バガヴァッド・ギーター（第2章）」には記されている。

「人は生まれもせず、死にもしない。人は永遠であり不変であるため、存在をやめることはありえない」

「古い衣を脱ぎ捨てて新たな衣を身にまとうように、魂もまた古い体を捨て去れば新たな体に乗り移る」

「しかし魂は不滅であり、剣に貫かれることはなく、火で焼かれることもなく、水に溺れることもなく、風で干上がることもない」

「人はつねに不滅であるから、そこには（負けてなお）勝利しかありえない。だから嘆くことなどなにもない」

9・11のもたらしたもの

数年を経て、やっとあの惨事について書こうと思えるようになった。テロの直後はそのことについて書くのを避けようと思った。その後の影響について、人々が自分なりに思考すべきだと感じたからだ。

悲劇のあとで、その事件がなんらかのポジティブな結果をもたらし得るという考えを受け入れるのは、いつだってとても困難なことだ。わたしたちは恐怖の底に突き落とされながらもなお、まるでSF映画のワンシーンのようにフィクションめいたあの場面から目を離せずにいた。ツインタワーが崩れ落ち、何千もの人々が転落していくのを目にしたわたしたちは、たちどころに2種類の感覚に襲われることになった。

まず第1に、いま目の前で起きている暴力がきわめて重大な意味を持っているのではないかという感覚。第2に、このことで世界が完全に変わってしまったのではないかという感覚だ。

世界がもとどおりになることはない、というのは本当だ。しかしことが起きてからすでに長い時間が経過したいまになってあらためて、被害者たちの死が無駄死にだったかどうかを再検証する意味などあるのだろうか？　それともあの世界貿易センタービルだった場所の瓦礫《がれき》の下に、死と塵と折れ曲がった鋼鉄、それ以外のなにかが眠っているとでもいうのだろうか？

わたしにいわせれば、**あらゆる人生は、ある時点において悲劇に見舞われるものだ。**故郷の崩壊かもしれないし、我が子の死かもしれない。いわれなき断罪かもしれないし、予期せぬ病によって死ぬまで後遺症に苦しめられることだってありえる。

人生とはつねにリスクにさらされているもので、それを忘れてしまえば、運命の与える試練に備えることなどできはしない。逃れようのない苦難に直面するたび、わたしたちはそのことに対する解釈を迫られることになる。そうして恐怖を克服し、また立ち上がるための準備に取り組むのだ。

苦しみや不安に直面したとき、わたしたちがまずしなければならないことは、「物事をあるがまま受け止める」ということだ。

自分とは無関係なものであるかのように思いこもうとしたり、自分の犯したなんらかの過ちに対する罰であるかのように考えてはいけない。世界貿易センタービルの瓦礫の下には、わたしたちと同じように日々の安心や不幸に翻弄されたり、充実感に満たされていたり、成長しようと努力を怠らなかったり、帰宅すれば愛する家族がいたり、大都会における孤独と絶望とに追いつめられたりしている人々がいる。

アメリカ人、イギリス人、ドイツ人、ブラジル人、日本人……、世界の各地からやってきた人々が――奇妙なことに――朝の9時に、喜びのためか義務のためかはさておき、同じ場所に居合わせるという共通の運命で結ばれていた。あのふたつの塔の崩壊によりそんな彼らが死んでしまったばかりでなく、わたしたちの誰もが少しずつ死に、世界全体が萎縮したのだ。

それが物理的なものであれ、精神的なもの、もしくは心理的なものであれ、巨大な損失に直面したときには覚えておかねばならない賢人の教えがある。**忍耐と、そしてこの世のあらゆる物事が一過性のものにすぎないという概念だ。**

その観点からあらためて、わたしたち自身の価値について検証してみよう。

もしばらくのあいだ、世界が平和を取り戻さないというのであれば、この機にこそずっとやりたいと考えてきた、しかし勇気を持てずにできなかったことを実行に移してみてはどうだろうか。

2001年9月11日のあの朝、意にそぐわないキャリアを求め、やりたくもない仕事のために、ただ安定した生活や老後の蓄えを得るためだけに、あの世界貿易センタービルに居合わせてしまった人々がいったい何人いたのだろうか？

たしかに世界を大きく変えてしまった出来事だ。ふたつの塔の瓦礫に埋もれた人々がいまもなおこうしてわたしたちの生き方、そして価値観について考えさせているのだから。

高層ビルの倒壊によって多くの夢や希望が葬り去られた。

だが、そこのことでわたしたちの目は開かれ、人生の意味を問い直すきっかけになったのだ。

あのドレスデン爆撃の直後、破壊されつくした街を再建しようとしていた3人の男たちの話を思い出す。彼らを見かけた男がこうたずねた。

「いったいなにをやってるんだ？」

作業をしていたひとりが答える。「見えないのか？　瓦礫をどかしてるんだよ！」

ふたり目がいう。「見えないのか？　生きていくのに稼ぎが必要なんだよ！」

3人目がいう。「見えないのか？　教会が壊されてしまったんだぞ！」

3人はそれぞれ同じ仕事をしていたのだが、ひとりだけが自分の人生と仕事について偽らざる意味を見出していた。

2001年9月11日から先の世界において、わたしたちの一人ひとりが意識の瓦礫の下から自分自身を掘りおこし、一度は夢見た大聖堂をまた建てる希望を得ることになった。

不可能を信じる

イギリスの詩人ウィリアム・ブレイクは、「いま証明されている物事は、かつて想像されたことにすぎない」といっている。だが、そのおかげで今日のわたしたちは飛行機や宇宙ロケット、こうして書くことを可能にしてくれたコンピューターといったものを手に入れた。

名作『鏡の国のアリス』のなかで、ルイス・キャロルが書いた、アリスと白の女王とのあいだで交わされる信じがたい会話がある。

「信じられない！」とアリスはいった。

「なんで?」と女王は憐れむようにアリスを見た。「もう一度やってみて。呼吸を深くして、目を閉じて」

「そんなことしても無駄よ」とアリスは笑った。「不可能なものは不可能だもの」

「修行が足りないみたいね」と女王はいう。「わたしがあなたくらいの年のころには、1

日に30分くらいは不可能なことだって信じていたものよ。日によっては朝ごはんの前に6つくらいの不可能を信じたこともあったかしら」

人生はわたしたちに、いつも「信じろ！」と訴えかけてくる。奇跡を信じる気持ちがあればこそ幸せでいられるのだから、信じることは大切だ。わたしたち自身の存在の正当性を示すためにも、信念を失わないことが重要なのだ。

今日の社会においては、貧困をなくすこと、社会正義を求めること、日に日に高まる宗教間の摩擦を押しとどめることなど、不可能だと考える人々ばかりだ。

社会適応、年齢、無知、無力感など、人々はさまざまな理由をつけて、抵抗を避けようとする。不当に扱われる人々がいることに気づいても、わたしたちは声を発しない。「不要な争いは避けるべき」というのもまた言い訳のひとつだ。

臆病者の態度そのものだ。精神の旅をするものならば、誰もが従うべき誇り高き道がある。悪徳に対し発せられる声は、いつだって神により聞き届けられるのだ。

こんなことをいう人々がいる。「夢を信じて生きてきました。全力で不正とも戦ってきました。でもいつも、最後は失望して終わりです」

あなたが光の戦士なら、たとえそれが不可能と思えても、戦う価値があることを知っているはずだ。だからこそ失望を怖れず、手にした剣の威力と愛の力とを疑わない。決断を下そうともせず、責任転嫁ばかりの人々を認めることなどけっしてない。

たとえ自分の力がおよばないとわかっていても、不正に対して立ち向かおうとしないのであれば、正しき道を見つけることなど不可能だろう。

ところで、イランの小説家アラシュ・ヘジャジが次のようにいっていた。

「道を歩いているときに激しい雨が降ってきた。雨傘とレインキャップを持っていたのだが、離れた場所に停めた車のトランクに入れっぱなしだった。

慌てて車に戻ろうとしたとき、神からの奇妙な啓示を受け取った。〝**人生の荒波に対する構えは、いつだって用意されている。しかし、たいていは心の奥底にしまいこまれており、苦労して取り出したときにはもう手遅れなのだ**〟」

だからこそ、つねに準備を怠らないようにしよう。さもなくば、機会を逃し、戦いに負けてしまうことになる。

ふたつの宝石

スペインのブルゴスにある、シトー会の修道士マルコス・ガリアはいう。

「ときに主は、わたしたちが授かった祝福を取り上げてしまわれます。ただ祈りただ頼むばかりの存在から変容するよう、わたしたちを促すのです。主は人の魂がどこまで耐えうるものかを熟知されており、その一線を超える試練をお与えになることなどけっしてありません。

いかなる過酷な状況に身を置いたとしても、わたしたちは〝主に見捨てられた〟などというべきではありません。人が信仰を捨てることはあるにせよ、主が人を見捨てられることなど絶対にありえないからです。主が我々にいかなる試練をお与えになろうとも、そこにはつねに試練を乗り越えるにあまりある――あるいはあまりある以上の――お恵みを授けてくださっているのです」

この言葉を裏付けるような「ふたつの宝石」という物語を、わたしの本のよき読者であるカミーラ・ガルバオ・ピバが教えてくれたので紹介したい。

きわめて敬虔なラビが、家族とともに幸せに暮らしていた。ラビには敬うべき妻と、愛すべきふたりの息子がいた。

あるとき、ラビは仕事で数日のあいだ家を空けることになった。そしてラビの留守中、息子たちは不運な交通事故に巻き込まれ、命を落としてしまう。

息子たちを失った母は、深く苦しい悲しみの底に、孤独のうちに突き落とされることになった。彼女は強い女性だったので、それでも信仰と忠誠とを失うことなく、誇りと勇気とを頼りに絶望を耐えた。

しかし、どうやってこの悲劇を夫に伝えよう。夫もまた同じように強い信念の持ち主ではあるが、過去に心臓を患ったこともあり、大きすぎる悲劇が彼にまで死をもたらしてしまうのではないかと、彼女は怖れたのだった。

彼女にできることといえば神の御言葉に耳を傾け、そのとおりに振る舞うことだけだった。そして夫の帰宅前夜、深い祈りを捧げる彼女に恵みの啓示が授けられた。

翌日、帰宅したラビは妻を抱擁したのち、息子たちのようすをたずねた。息子たちのことよりも、いまはまず温かい湯船につかり、疲れを癒やしてくださいと、妻は夫に伝えた。

昼食をともにしながら、妻は夫に対して旅がどうだったかをきいた。夫は妻に対し、出張中にあったすべてを話してきかせた。神の慈悲に感謝したのち、彼はふたたび息子たちのようすをたずねた。

妻は少しきまり悪そうな顔をした。

「子どもたちのことはどうか心配しないでくださいな。いまはまず、わたしの抱えるとても深刻な悩みをいっしょに解決していただきたいの」

夫は、心配そうにまたたずねる。

「いったいなにがあったんだい？　そんなに深刻な顔をして。胸のうちにあることをなにもかも吐き出してごらん。神様がきっと助けてくださる。問題があるならいつもどおり、ふたりで力を合わせて乗り切ろうじゃないか」

「あなたの留守のあいだに、友人が訪ねてきたの。そして、預かっておいてほしいといって、とてつもなく高価な宝石をふたつ置いていったのね。ほんとにすてきな宝石だった！あんなに美しいものなんて、これまで見たこともなかった。でも、その友人が宝石を引き取りにきたとき、わたしはどうしても手放すことができなかった。心を完全に奪われてしまったの。いったい、どうすればいいのかしら」

「なんてことをいい出すんだ！　欲に目がくらむような人間じゃないだろう！」

「あんなに美しい宝石を手にしたことなどなかったからよ！　失うなんて想像もできな

い」

ラビは、厳かに諭した。

「いいかい、自分のものではないなにかを失うことなど、誰にもできはしないんだよ。預かった宝石を手放さないのだとすれば、それは盗んだことと変わらない。ちゃんと返さなければならないよ。その埋め合わせは、わたしがきっとするから。さっそくそうしようじゃないか」

「愛するあなたのおっしゃるとおり、宝石は、あるべきところに返します。……ほんとうは、もうすでにここにはないの。あの美しい2粒の宝石は、あなたとわたしの息子たちなの。神様が預けてくださった、あの子たちなの。あなたがお留守のあいだ、神様があの子たちを連れ帰るためにいらしたの。そしてふたりとも、行ってしまった」

すべてを悟ったラビは、妻を抱き寄せるほかなかった。そしてふたりは涙が枯れるまで泣きつづけた。ラビは自分に与えられた試練の意味を悟ったのだ。

その日から、ふたりは手を取り合って喪失と向き合ったのだった。

目に見えない壁を乗り越える

人生とは、自転車レースのようなものだ。その目的は「己の道の追求」であり、古《いにしえ》の賢者の言葉を借りれば、彼らは生まれ持った役割ゆえに走るのである。

一線に並びスタートを切るそのときには、友情も情熱も共有しているものだが、レースが進むにつれて、真の挑戦や疲労、集中力の欠如や能力の限界と向き合わなければならなくなる。

こぼれ落ちていく友人たちの姿が見える。粘り強くペダルを踏んではいるが、それはレースから脱落しないためでしかない。伴走車に励まされながらコースを先へと漕ぎ進む。とにかく義務を果たすため、道中の景色の美しさや挑戦の価値などすべて忘れて。

そんな彼らのことは置き去りにするほかない。孤独と向き合い、はじめてのカーブを曲がり、自転車の状態に気を配りつつ、なお先を急ぐ。ある地点で何度目かの転倒ののち、これが本当に価値ある挑戦だろうかと自問をはじめる。

そう。あきらめないことが肝心なのだ。

アラン・ジョーンズ神父の言葉を借りれば**「目に見えない壁を乗り越える」**のに、**愛、死、力、時間、4つの要素**が必要だという。

わたしたちは、神に愛されているがゆえに愛さねばならない。

わたしたちは人生の意味を理解するために、死を意識せねばならない。

成長するためには、足掻かねばならない。でも、葛藤のなかで生まれる力を過信してはならない。そのような力に意味などないからだ。

最後に、わたしたちは魂の声を受け入れなければならない。たとえ物事が無限であったとしても時間がわたしたちを支配しており、機会も制約もそのなかにあるのだ。

だからこそ孤独な自転車レースを闘いながら、わたしたちは時間というものを認め、一秒ごとを大切にし、ときに休息を求めながらも神聖なる光に向かって足を踏みだしていかなければならない。できるかぎりあらゆることをおろそかにしてはならないのだ。

これら4つの要素はどれも解決可能な問題ではない。誰にも制御できないものだ。受け入れるしかなく、学びの機会とするほかない。

あらゆるものを包み込むこの広大な宇宙のなかで、同時にこの魂のなかにおさまるほどの宇宙のなかで、わたしたちは生きていかなければならない。

人々の魂のなかには世界の魂が宿されており、知性のもたらす沈黙がある。

ゴールをめざしてペダルを踏みながら、自分自身に問いかける。「今日この日の価値とはなんだろうか？」と。

陽射しを浴びる日もあれば、雨に打たれる日だってある。

つねに知っておかねばならないのは、雨はやがて上がるということだ。雨雲が流れ去れば、太陽がいつもどおりに顔を出す。太陽は消え去ることがない。孤独を感じるときにこそ、覚えておくべきことである。

困難に直面することがあってもけっして忘れてはならない。人種、肌の色、社会的立場、信条、文化――個々に背負った物事にとらわれず、経験は等しい。

エジプトのスーフィーの賢者デュー・イヌン［Dhu'l-Nun：没ＡＤ８６１年］が、わたしたちに必要な心構えを記している。

> 神よ。動物の声、木々の音、水の流れ、鳥のさえずり、風や雷、それらを聞くとき、わたしたちはあなたの融合する世界を知る。その卓越した力、比類なき知識、超越的叡智、絶対的な平等さを知る。
>
> 神よ。あなたもまたこの困難を経たことに気づいた。神よ。あなたの喜びをわたし

自身の喜びとしたまえ。父親が息子を思うように、わたしをあなたの喜びとしたまえ。
つねに静けさと決意をもち、あなたのことを思わせたまえ。あなたを愛しています、
と言葉にしがたいときでさえも。

新たなる100年期の規範

1. わたしたちはみんなそれぞれに異なる。そしてそうありつづけるために、できるかぎりのことをしなければならない。
2. ひとは誰でもふたつの可能性を与えられている。行動すること、考えること。いずれも同じ結果へわたしたちを導くものだ。
3. ひとは誰でもふたつの資質が与えられている。強さと才能だ。強さゆえに運命の道へと導かれ、才能ゆえに優れた資質が他者と共有されることになる。
4. ひとにはそれぞれ美徳がある。選択する力がそれだ。この美徳を用いなければ選択は他者に委ねられ、そうなってしまえば美徳であったはずのものが呪いに変わる。
5. 誰もが性的アイデンティティを持っており、そのアイデンティティを他人に押しつけないかぎりにおいては罪悪感なく行使することができるはずだ。
6. あらゆるひとに成就すべき独自の宿命がある。それこそがこの世に生を受けた理由だ。わたしたちは宿命ゆえに為すべきことを知り、情熱を注ぐ。

7. ひとは誰でもその宿命から離れることができるが、それを完全に捨て去ることはできず、いつでも立ち返る必要に迫られる。

8. いかなる男性にも女性的な一面があり、いかなる女性にも男性的な一面がある。直感に従って規律を守るべきであり、その直感には客観性が必要だ。

9. 人々はふたつの言語を修得しなければならない。社会的な言語と、運命的な言語だ。一方は他者とのコミュニケーションのため、もう一方は神の啓示を理解するため。

10. あらゆる人に幸せを求める権利がある。「幸せ」とはその本人が満ち足りることを意味し、それはかならずしも他者にとっての満足と同じであるとは限らない。

11. 人は誰しもうちなる狂気を失ってはならない。だが同時に常識的なふるまいを心がける必要がある。

12. 人の犯す間違いとは以下に挙げるものですべてである：他者の権利を尊重しないこと。恐怖心を抱くこと。罪悪感を抱くこと。人生に起こるいいことと悪いことを受け入れないこと。臆病であること。

敵に対しても愛をもって接するが、敵に同調してはいけない。わたしたちの剣がなまっていないかを確かめるため、敵は人生の折々に姿をあらわす。そのような敵の尊厳を認めつつ、わたしたちは向き合わなければならない。

わたしたちは敵を選ぶことができる。

13.あらゆる宗教はひとつの神に通じており、等しく尊重されるべきである。
いかなる宗教を選ぶにせよ、それはその宗教を尊び神秘のすべてを受け入れるということだ。そのうえで、あらゆる個人的なおこないの責任はその本人にのみ帰結するものであり、その行動を取ったことの責任を宗教に転嫁してはならない。

14.神聖なるものと俗なるもの、それらを隔てる壁を打ち壊すことをここに宣言する。いまをもってあらゆるものごとは神聖となる。

15.あらゆる行動の結果が未来に影響を与え、その贖罪という形で過去に影響をおよぼす。

16.上記に反するあらゆる規範は、ここに無効となる。

愛に心を閉ざさない

大切な人を助けたいと思いながらも、どうすることもできない。そんなことも、ときにはある。状況がそれを許さないこともあれば、相手が拒む場合もあるのだ。

そんなとき、わたしたちに残されているのは、「愛すること」だけだ。いかなる手段も講じることができない状況であっても、どんな見返りも求めずに愛することだけはできる。

だがそうすることで、愛のエネルギーがわたしたちを取り巻く宇宙のありかたを変えていくのだ。この力こそが最終的に目的を果たす助けになる。

「時が人を変えることはない。意志の力で人が変わることもない。愛のみが人を変えることができるのだ」と、哲学博士ヘンリー・ドラモンドもいっている。

両親から暴行を受けたブラジリアの少女の記事を、新聞で目にした。結果として、彼女は全身不随となり、話すことさえできなくなってしまった。

入院生活を強いられた彼女は、ある看護師とめぐり合った。来る日も来る日も看護師は少女に対し「愛してるわ」と話しかけ、惜しみなく世話をした。少女の聴力はすでに失われていると医師がいっても、看護師は「忘れないで。愛してるわ」と伝えつづけた。

3週間後、少女の身体が動くようになった。4週間後、彼女は言葉を発するばかりではなく笑顔を見せるまで回復した。

看護師は取材に応じることなく、また新聞もその名を伝えることはなかったが、このことが忘れ去られることのないように、ここに記しておきたいと思う。愛こそが、癒しなのだ。

愛は人を変え、愛は人を癒やす。しかしときに愛は逃れようのない罠となり、愛ゆえに自らを捧げようとする人の人生を破壊することもある。わたしたちを生かし、耐えさせ、そして向上させようとする心の奥底の複雑な感情の正体とはいったいなんなのだろうか？

それを定義しようなどと考えるのは、無責任なことかもしれない。ほかの誰とも同じように、わたしにもそれを感じることしかできないのだから。

このことについてはすでに何千冊もの本が書かれ、芝居もつくられ、映画になり、詩として詠まれ、木や大理石の彫刻だってつくられてきた。だが、いかなる芸術家の手をもってしてもこの感覚を感覚以上のものとして再現することなどできはしない。

わたしはその感情がいかなる些細な物事のなかにも存在し、わたしたち自身のありふれた行動のうちにも示されるものなのだということを知った。だからこそ、行動を起こす起こさないにかかわらず、いつでも愛を心のよりどころとすることが必要なのだ。

先延ばしにしていた電話をかけて、愛情を伝える。助けを必要とする人々に対し、ドアを開く。役目を引き受ける。意に添わないことをしない。保留にしていた結論を出す。心の片隅にひっかかっている過去の過ちに対して赦しを求める。付与されてしかるべき権利を求める。宝石店よりもはるかに価値のある地元の花屋の顧客となる。

愛する人が遠くにあれば流す音楽の音量を上げ、近くに帰ってきたときにはまた音量を下げる。愛の力を信じて「はい」と「いいえ」をはっきりさせる。人と楽しむことのできるスポーツを見つける。ここでわたしが書いたいかなるレシピにも従わずに、愛の創造力をただ実践する。

それらすべてのことが不可能で、もはや孤独しか感じられなくなったときには、わたしの読者が教えてくれた次の物語を思い出してみてほしい。

そのバラは、昼も夜もミツバチの訪れを夢見てきた。だがミツバチがやってくることはなかった。

バラはそれでも、夢に思いつづけた。長い夜、彼女のうえに口づけの雨を降らせるミツバチでいっぱいの天国を思い浮かべた。そうすることで、彼女は翌日まで生きながらえ、日の光を浴びることができるのだった。

ある夜のこと、バラの孤独に気づいた月が、話しかけた。

「待ちくたびれたのではないですか？」

「そうかもしれません。だけどがんばらなくては」

「どうして？」

「だって、花が開かなければ、わたしたちは消えてしまうだけなのです」

孤独に押しつぶされてしまいそうなときには、「心を開くこと」こそが唯一の抵抗となるのだ。

訳者あとがき

パウロ・コエーリョと聞けば、まず誰もがまっさきに思い浮かべるのが、その代表作『アルケミスト　夢を旅した少年』（２０１３年、角川文庫）だろう。著者の３作目となる小説『O Alquimista』として１９８８年に本国ブラジルで出版されたのち20万部のベストセラーとなり、その後１９９３年になってアメリカのハーパーコリンズ社が同書の英訳『The Alchemist』を出版したことでさらに広く読まれるようになった。今では81か国語、１７０以上の国で翻訳出版されており、寓話の名作として世界中で読まれ、愛され続けている物語だ。

その『アルケミスト』だが、日本ではそもそも１９９４年、翻訳家の山川紘矢と山川亜希子により和訳されたものが地湧社から刊行され、その後２０１３年になって角川文庫に加えられている（※文庫版「訳者あとがき」参照）。日本語でだけでも実に四半世紀以上、色褪せることなく読み継がれているということになる。

本書『パウロ・コエーリョ　賢人の視点』は、すでに世界的人気作家となっていた著者が、1998年から2005年にかけて記したジャーナルや掌編エッセイをまとめ、2006年にイギリスのハーパーコリンズ社より出版された『Like the Flowing River』の日本語訳である。著者がポルトガル語で書き綴ったテキストを1冊の本にまとめ、それを英訳したものが底本となっている。英訳を手掛けているのは、ジョゼ・サラマーゴなどの仕事で知られるマーガレット・ユル・コスタだ。つまりこの日本語版は、英訳からの重訳である。加えて、日本語版の出版に際しては編集部によって項目順の入れ替えなどがなされていることをことわっておきたい。

さて、これまでコエーリョの著作に親しんできた読者は、たとえば代表作『アルケミスト』を読むことを通じ、みずからの人生の意味を問い直そうとした人、ままならない苦境に直面する日々を乗り越えるための励みとした人など、数多いのではないだろうか。もっと広い世界を知りたい、という夢をかなえるために神学の道を捨てて羊飼いとなった少年サンチャゴのたどる、アンダルシア（スペイン）からピラミッド（エジプト）までの苦難と発見とに彩られた旅路を描いた一篇の物語であり、わたしたちの人生がなにより「愛」や「夢（目的）」によって支えられていることを示そうとする寓話である。道中の出会いや困難を経るなかで、直感の声に従って成長していくサンチャゴの姿は、信念をもって臆せずに生きよと、読者を確かに勇気づけるものだ。

そのような物語を通じて示される教訓の数々や、前向きなメッセージに焦点の当てられることの多いコエーリョだが、本書に収められたテキストを読み進めていくうちに、著者の芯をつらぬきながら支える、いくつかの要素が見えてくる。

ブラジル人思想家の核として、わたしたちがいかにも思い描きやすい「愛」という要素に加え、「信仰」と「死」とがコエーリョの存在を支える大きな柱となっていることに、あらためて気付かされる。

収録されているエッセイの多くはじつに私的なものであり、それゆえに、小説家としてよりも一個人としてのコエーリョの視点や思考がいかなるものであるのか、面白いほどよく現れているのが本書である。

なかに著者が作家に転身する最大のきっかけとなったサンティアゴへの巡礼体験について触れられているものがいくつかあるが、キリスト教のなかでもカトリックを教派とする信徒にとって、ローマおよびエルサレムとならび重要な意味を持つのが、スペイン北西部ガリシア地方の巡礼地、サンティアゴ・デ・コンポステーラだ。ここに眠っているとされるのがイエスの使徒のひとり聖ヤコブ（スペイン語・ポルトガル語圏における「サンティアゴ」）である。あの『アルケミスト』の主人公サンチャゴの名の由来がここにあるとされている。また、キリスト教の物語に照らして考えたとき、なぜサンチャゴが「羊飼い」

となることを決意したのかにも意味が生まれる。

ブラジルといえば世界最大のカトリック人口を有するキリスト教国家であり、その信仰のなかで育ったことが、コエーリョの精神性や死生観に極めて大きな影響を与えていることが、本書に収められているいくつものエッセイから読みとれる（ただしコエーリョは他の宗教を等しく肯定しており、そのことも本書の随処に示されている）。精神世界の語り部として評価されることの多いコエーリョだが、その世界観や話法の根本にあるのが、敬虔なブラジルのキリスト教文化のなかで自然に育まれた意識であることがよく伝わってくるというのも、本書の面白さのひとつだろう。

そして、そのサンティアゴへの巡礼において明確になった「死」への意識をかたときも忘れることなく持ち続けていればこそ、今この瞬間における「生」に対する最大限の敬意とともに、コエーリョは自らを律しようとするのだ。本書において「死」のイメージは、何度も、形を変えて現れ、繰り返される。


いかに世界的な人気作家であるとはいえ、パウロ・コエーリョも日常を生きるひとりの人間である。執筆を生業として生きる一個人の私生活におけるさまざまな場面が、まるで懐かしいスナップショットの写真や短いビデオ動画のように織り交ぜられており、それが小説に描かれる世界とはひと味もふた味もちがう魅力となって本書を構成している。

ときに面倒臭がりな作家としての顔、善良であろうとする市民としての顔、好奇心豊かな旅人としての顔、求道者として弓を引くときの真剣な顔、陽気な社交家の顔、そして妻を大切に想う夫としての顔など、じつに表情豊かなコエーリョが、本書のなかに姿を現す。自分が得意なのは文章を書くことであって、それを語って聞かせることではないと、引き受けてしまった講演をまえにナーバスになる様子や、気乗りのしない仕事の依頼をどうにかはぐらかそうとする様子などがユーモアたっぷりに描かれているかと思えば、人間社会の不正や不条理に対する憤りが、激しい筆致で綴られていたりもする。世界中のあらゆる場所を旅してまわる先々で出会う個性豊かな人々についての回想や、そんなふうにして旅先から持ち帰ってきた土産話の逸話などを読めば、まるで目のまえで著者が生き生きと動きまわっているかのようだ。

1年のうち4か月を過ごすというピレネー山脈の小さな村の古民家での心鎮まるような静かで落ち着いた日常風景、そんな場所でもかならず起きる小さな事件、のんびりとした日々に繰り返される葛藤や思索など、著者の頭のなかをそっと覗き見ているかのような気にさせられもする。たまに人気作家としての自慢めいた、誇らしげなエピソードなども思い出したように織り交ぜながら、ときに愉快でときに気難しい、誰とも変わることのない愛情深いひとりの人間としての偽らざる姿が立体的に示されている。

どれもこれもが人生の一場面ということになるのだが、喜びもあれば悲しみもあり、発見もあれば後悔もある。コエーリョの手にかかれば結局、教訓や啓発、それから決意や祈りのこもった、しみじみとしたエピソードができあがる。

本書の原題『Like the Flowing River』は、直訳すればつまり「川の流れのように」である。コエーリョの母語であるポルトガル語では『Ser Como o Rio que Flui』となっており、こちらは「川の流れのように生きるために」という意味となるようだ。

この世にかりそめの生を受けた誰もが、留まることのない人生の流れのなかで過ごし、そして必ず死を迎える。流れ続ける浮世の日々を、最期のときまで余すことなく生き抜こうとする著者の、愛情と祈りとに満ちた掌編集が本書である。

２０２１年３月

飯島英治

［著者］

パウロ・コエーリョ　Paulo Coelho

パウロ・コエーリョは1947年8月、エンジニアの父ペドロ・ケイマ・コエーリョ・デ・ソウザと、母リジアの息子として、ブラジル・リオデジャネイロで生まれた。幼い頃から芸術家になることを夢見ていたコエーリョだが、中流階級の家庭にあっては容易に受け入れられる願いではなかった。厳格なイエズス会系の学校に通っていた少年時代、作家こそが自分の天職にちがいないとコエーリョは確信を得る。しかしそのためには両親の反対を押し切らねばならなかった。文学に対する息子の情熱を抑え込むことができないと悟った両親は、それを精神的な疾患の兆候と考え、コエーリョが17歳のとき、父親は2度にわたって息子を精神病院に送り込み、電気治療などを受けさせている。その後コエーリョが劇団に参加したり、ジャーナリストの手伝いなどをしたりするようになると、両親はまた息子を施設へと送っている。

コエーリョはつねに社会的不適合者として育ち、新しいなにかを求めて過ごした。1968年、当時の抑圧的な軍事政権下のブラジルでゲリラ運動やヒッピー運動が過熱すると、コエーリョも進歩的な政治活動に身を投じ、ラブ・アンド・ピースを叫ぶ世代の仲間に加わる。そして、カルロス・カスタネダの足跡をたどるように、神秘的な体験を求め南米中を旅してまわった。演劇活動やジャーナリズムの仕事を続けるなかで、オルタナ系の思想誌『2001』の創刊に加わっている。また、作詞家として、当時人気の高かった音楽プロデューサー、ラウル・セイシャスと仕事をするようになり、ブラジルにおけるロック・シーンの変革に情熱を注いだ。1973年になると、コエーリョはセイシャスとともに、表現の自由や個人の権利の向上を目指す組織「オルタナティブ・ソサエティ」に参加し、そこでマンガ作品の連載などもおこなっている。しかし、この組織の中心メンバーが拘束、投獄されると、その2日後にはコエーリョ自身は軍事組織に拉致され、拷問を受けた。

この経験が、コエーリョに大きな影響を与えることとなった。26歳で反社会的な生活に見切りをつけ、「普通の人生」を送りたいと考えるようになったコエーリョは、その後しばらく音楽会社の役員として働いている。本格的に執筆活動をはじめるのは、ある見知らぬ男との出会いがあってからのことである。2か月前の夢に現れた男と、なんとアムステルダムのカフェで実際に遭遇したのだ。その男はコエーリョに対し、ふたたびカトリック教徒としての自己を取り戻し、その善なる神秘を探求せよと助言し、さらに、中世より続く巡礼の地である「サンティアゴへの道」を歩くことをすすめたのだった。

サンティアゴ巡礼から帰国したコエーリョは、翌1987年に執筆した『星の巡礼』のなかで、平凡な生活を営む人々の身に起こる不可思議な出来事について綴っている。そしてその翌年になって書かれたのが『アルケミスト　夢を旅した少年』である。しかしこれはわずか900部しか売れず、重版されることはなかった。

しかしコエーリョは夢を追い続け、より大手の出版社との契約を取り付ける。そして『ブリーダ』の出版によって注目を勝ち取り、『アルケミスト』および『星の巡礼』もついに評価を得ることとなったのだった。

ベストセラー作家となったコエーリョは、それから『ヴァルキリーズ』『ピエドラ川のほとりで私は泣いた』『第五の山』『ベロニカは死ぬことにした』『11分間』『ザーヒル』『悪魔とプリン嬢』『アリフ』『不倫』など、数多くの作品を出版している。


今や、パウロ・コエーリョは世界中のベストセラーリストの常連となった。『アルケミスト』はNew York Times紙のベストセラーリスト(ペーパーバック部門)に427週連続で名を連ね、2002年にはポルトガルの文学的権威であるJournal de Letras紙により、史上もっとも売れたポルトガル語の本であると報じられた。2003年には『11分間』が世界でもっとも売れたフィクションと報じられている(USA Today紙)。

著作は83言語に翻訳され、これまで170以上の国々で3億2000万部以上を売り上げた。もっとも多くの言語に翻訳された存命の作家としてギネス記録をもつほか、"一度のサイン会で署名された異なる翻訳版の数(53言語)"でも『アルケミスト』の著者としてギネス記録に認定されている。


世界経済フォーラム(WEF)のクリスタル賞、フランス政府からレジオン・ドヌール勲章、ガリシア・ゴールドメダルなどを授与され、2002年よりブラジル文学アカデミーのメンバー、2007年より国連ピース・メッセンジャー(平和大使)を務めている。

2014年、妻のクリスティーナ・オイチシカとともに、非営利団体「パウロ・コエーリョ・アンド・クリスティーナ・オイチシカ・ファウンデーション(Paulo Coelho and Christina Oiticica Foundation)」を創設。

http://paulocoelhoblog.com

[訳者]

飯島英治　Eiji Iijima

英語翻訳家。東京を拠点に、これまでパリ、メルボルン、フィラデルフィアで暮らす。アメリカで大学を卒業後、日本で翻訳出版関係の仕事に就く。2015年にフリーランスとなり、英語記事の翻訳や、書籍の編集、翻訳著作権に関わる業務などをおこなう。

装　丁　轡田昭彦＋坪井朋子
翻訳協力　株式会社リベル
校　閲　株式会社鷗来堂
編　集　桑島暁子（サンマーク出版）

パウロ・コエーリョ
賢人の視点

2021年5月10日　初版印刷
2021年5月20日　初版発行

著　者　パウロ・コエーリョ
訳　者　飯島英治
発行人　植木宣隆
発行所　株式会社サンマーク出版
〒169-0075 東京都新宿区高田馬場2-16-11
☎03-5272-3166（代表）

印　刷　株式会社暁印刷
製　本　株式会社村上製本所

ISBN 978-4-7631-3867-5　C0030
サンマーク出版ホームページ　https://www.sunmark.co.jp